モブ令嬢なのに王弟に熱愛されています⁉

殿下、恋の矢印見えています

ちろりん

Illustration
霧夢ラテ

gabriella books

モブ令嬢なのに王弟に熱愛されています!?
殿下、恋の矢印見えています

contents

序章

お互い、「ありえない」と言い合った相手のはずだった。

オリヴィアは彼に警戒され疑われていて、アシェルもそんな相手とどうこうなる気はないと先ほどまで言っていたはずなのに。

それなのに、目を開けたら状況は一変していた。

裸同然で抱き合う男女。

一夜を共にし、朝目が覚めたら抱き締め合っているこの状況。

――そして、目の前に見える大きくて赤い矢印。

そこには見間違えもできないくらいに、はっきりと書いてあった。

「惚《ほ》れた」と。

第一章

「大丈夫よ、リリアナ。イーノク様は絶対に喜んでくださるわ。自信を持って！」

眉をハの字にし躊躇《ためら》いを捨てきれない友人の肩に手を置き、オリヴィアは明るい声を出す。

「ありがとう、オリヴィア。私、頑張るわ」

背中を押されたことで一歩踏み出す勇気を振り絞れたのだろう。リリアナは自信なさげな顔から一転、真っ直ぐにイーノクを見据えて大きく頷《うなず》いた。

そんな彼女の手には、刺繍《ししゅう》が施されたハンカチ。

この国の第一王子・イーノクへの誕生日プレゼントだ。

貴族であるものの、実家があまり裕福ではないリリアナができる精一杯のものだった。けれども、彼女自身が刺繍をし、想《おも》いを込めた一点ものでもある。

最初はこんなものしか用意できないことを恥じ、他の令嬢がイーノクに贈るプレゼントを前にしり込みをしていた。

みすぼらしくて貧相。

もらってもイーノクは喜ぶどころか迷惑に思うだろうと。

そんな彼女を隣で見て、大丈夫だと言い切るオリヴィアには自信があった。

（イーノク殿下の矢印が大きくなって真っ赤に染まっているもの､愛情が日に日に増している証拠よ）

イーノクの頭上にあるそれを見る。

矢印の矛先は真っ直ぐにリリアナに向かい、さらには「大好き」とまで書いていた。

つい先日までは「恋をしているかも？」と曖昧な表現だったのに、何回かリリアナと会っているうちに彼女に惹《ひ》かれていったのだろう。

彼の気持ちは疑問符が取れ、確信になっていた。

それが分かってしまうオリヴィアには、親友の恋を応援しないわけにはいかなかった。

「大丈夫よ、リリアナ。大丈夫」

リリアナの左手を両手で包み込み、願いを込める。

彼女も同じように目を閉じた。

「貴女《あなた》のこの『おまじない』、不思議なくらい効くわよね。ここぞというときにしてもらうと力が湧いてくる。いつもありがとう、オリヴィア」

スッと目を開けたリリアナは、「行ってきます」と明るく言ってイーノクのもとに向かう。

その後ろ姿を見つめながら、ふたりの動向を見守った。

案の定、イーノクはリリアナを見つけた途端に頬《ほお》を緩めて満面の笑みを浮かべていた。

そして、おずおずと差し出された彼女の贈り物を目の前にして、他の女性たちには見せたことがないくらいの喜びを露《あら》わにしたのだ。

（これでイーノクルート確定ね。……よしっ！）

オリヴィアはたおやかな笑みを顔に貼りつけながら、心の中でガッツポーズを取る。

これで自分の身は安泰だと確信した瞬間でもあった。

転生後のこの世界では、平穏無事に暮らすことができるであろうと。

オリヴィア・ラーゲルレーヴはいわゆる転生者というものだ。

最後の記憶では二十歳の大学生だったと記憶している。

日本人だった前世を持ち、その頃の記憶を有したまま異世界に転生した。

しかも、転生先というのが乙女ゲームの中で、さらにはヒロインの親友に生まれ変わっていたのだ。

そのことに気付いたのは十五歳の頃。

乙女ゲーム「シンデレラ・シンドローム」のヒロインであるリリアナに出会ったときだった。

彼女と目が合った瞬間、ポンと人々の頭上に『矢印』と『文字』が浮かんだ。

最初は幻かと目を擦っては何度も見返したが、明らかにそこにあるのは矢印と文字。

次に驚き戸惑うオリヴィアを襲ったのは、前世の記憶だった。

そして悟ったのだ、自分はリリアナの親友・オリヴィアに生まれ変わってしまったのだと。

この「シンデレラ・シンドローム」というゲームは、貧乏男爵令嬢であるリリアナが素敵《すてき》な男性に見初められて幸せになることを夢見て、初めて夜会に繰り出すところから始まる。

夜会でイーノクをはじめとする攻略対象者たちと出会い、そこから恋に発展していく。

最後には「幸せに暮らしました、めでたしめでたし」で終わる恋模様を目指す、よくある乙女ゲームだ。

ルートは分岐しており、ハッピーエンドはもちろんのこと、ノーマルエンドやビターエンド、バッドエンドなど多岐にわたる。

どんなエンドを迎えるかは攻略対象者のキャラ性とヒロインの選択によって異なるが、ひとつだけ共通していることがあった。

リリアナの親友・オリヴィアの悲劇である。

どのルートを辿《たど》っても、死ぬか大怪我《おおけが》をして再起不能になるか、もしくは修道院送りになってその先で死んでしまう。暴行に遭って心神喪失になるパターンもあり、ありとあらゆる悲劇が用意されていた。

このオリヴィアというキャラクター自身、リリアナと攻略対象者の絆《きずな》を深めるための舞台装置のために作り出されたらしい。

そのため、親友という立ち位置からライバルになったり、嫉妬に狂ってヒロインを裏切ったり、はたまたリリアナを手に入れるためにヤンデレな攻略対象者から排除されたり、事件の最初の被害者になったりと、ルートによって多くの役割が用意されていた。

あまりにもオリヴィアばかりが不幸になっていくので、ファンの間では「生贄《いけにえ》の山羊《やぎ》」として憐《あわ》れまれていた。

ところが、唯一オリヴィアが闇堕ちすることも怪我をすることも、死ぬこともなく、リリアナの親友として幸せなエンドを迎えることができるルートがある。

それが、リリアナがイーノクと結ばれ幸せになるトゥルーエンドだ。

ファンの間ではオリヴィア生存ルートとも言われる大団円の真のハッピーエンド。

つまり、もしゲームの通りに展開していくのであれば、リリアナにはイーノクと結ばれてもらわなければならない。

生き残るための使命と考え、オリヴィアはふたりをくっつけるために奔走している最中だ。

さらに、天の采配なのかそれとも何かしらのバグなのか、前世の記憶を取り戻したと同時に、「相関図」が見えるようになった。

登場人物たちの関係を図にしたものを相関図と呼ぶが、オリヴィアの場合、その人の頭上に浮かぶ矢印と相手に対する感情が文字として見えていた。

関係性が深ければ深いほどに矢印は大きく太くなり、相手に抱く感情が大きければ大きいほどに色が濃くなっていく。

色にも意味があり、大きく暖色系は好意や興味。寒色系は悪意や敵意に近い感情を持っていることを示している。そこに黒が混ざれば重々しい負の感情が加わっていることが分かったり鮮やかであればあるほど純粋な想いだったりと複雑なのだが、そこは文字の内容を見て判断していた。

たとえばイーノク。

彼は他の令嬢に対して定規のような細さと、無関心を示す灰色の矢印を向けている。

だが、リリアナに対してはその倍の太さの矢印を向けていて、色も真っ赤に染まっていた。

矢印の説明欄には「好きな人」と書いてあり、こんな具合に誰が誰に対してどんな感情を持っているか分かる。

今日のように夜会で人がごった返すときは、相関図もごちゃごちゃしているのでなかなか見えにくいが、そんなときは目を凝らして集中してその人物だけに焦点を合わせればくっきりと見えてくる。

この不思議な力を得て四年ほど。

今では恋愛相談マスターとして社交界で注目を集めるほどになった。

悩んでいる人がいたら相関図をもとにアドバイスをするのだ。

社交界では誰が誰を射止めるか、その話題に尽きる。

相関図を見て、今相手は貴女をどう思っているか、どうしたらいいのかをできうる範囲で助言していた。

最初こそ、ほんのちょっとアドバイスするだけのつもりだったのだが、ある令嬢への助言があまりにも的を射ていたのだろう。

彼女は意中の相手を射止め、それをオリヴィアのおかげだと周囲に喧伝《けんでん》し始めた。

噂《うわさ》が噂を呼び、恋に悩む乙女たちが大挙し、オリヴィアの前には恋愛相談の列ができるほどになった。

先ほどリリアナが言っていた「おまじない」もそこから派生したものだ。

ただ、頑張ってと応援の意味を込めて相談者の手を握ったのだが、それが効果てきめんのおまじないだったと言われ、皆もおまじないを求めるようになった。

こんな感じで社交界の中で思いもよらない地位を得たオリヴィアだったが、本丸はあくまでリリアナの恋路である。

何せ、オリヴィアはリリアナというキャラを前世から大好きだった。

明るく前向き、ハングリー精神旺盛で決してめげない。けれども、好きな人を目の前にすると途端に弱気になり恋に悩む。

等身大の女の子の恋に振り回され悩み、そして成長し幸せになっていく様を応援しないわけにはいかない。

そんないじらしいリリアナを、保身のために彼女を突き放し、遠くから恋模様を眺めることなど乙女ゲーム大好き人間のオリヴィアにはできなかった。

乙女ゲームだけではなく、恋愛漫画も小説も、前世のオリヴィアにとって癒やしだった。つらい現実を忘れさせてくれる大切なもの。

キャラクターの恋にドキドキし、試練にハラハラし、結ばれた姿に涙する。

自分には決して起こらないであろうシンデレラストーリーを見ては、幸せな気分に浸っていたのだ。

だからこそ、リリアナの親友という立ち位置を捨てきることはできなかった。

苦労をわざわざ買っていると言われても仕方がない。

だが、誰かの恋愛模様を見守るのがオリヴィアの生きがいなのだ。

いつかリリアナがイーノクと結ばれて幸せになる姿を見届けたい。

あわよくば一緒に喜びたい。

そのためならば、いくらだってリリアナの恋の相談に乗るし、背中もいくらだって押すつもりだ。

恋する乙女たちの力になれるのであれば本望。

「……あ、あの！　オリヴィア様！　わたくしにもおまじないをかけてくださいませ！」

「私はトリスタン子爵の意中の相手を見ていただきたいです！」

「あ！　イーノク殿下を……」

オリヴィアに群がってきた恋する乙女のうちのひとりがそう言うと、皆が一斉に彼女を注視した。

そして、はぁ……と大袈裟《おおげさ》な溜息《ためいき》を吐く。

「イーノク殿下はもうリリアナ様に夢中よ。ほら、見なさいな。ふたりでどこかに消えていくわ。これはもう確定ね」

次にリリアナたちを皆で盗み見て、どこかに行こうとしている様子を確かめたあとに再び深い息を吐き出す。

「これでリリアナ様は王太子妃。男爵令嬢から大躍進ね」

「やっぱり、オリヴィア様のおまじないが効いたのよ。おふたりは親友ですもの、特別効いたに違いないわ」

それならば皆納得だと頷く。

自分でやっていてこんなことを言うのもなんだが、こんなに信用されていいものなのだろうかと後ろめたくなる。

おまじないや占いをしているのではなく、相関図を見て助言をしているだけなのにと。

「あぁ！　お二方がバルコニーに行かれましたわ！」

（こ、これは告白イベント！）

先ほどまで感じていた後ろめたさは一瞬にして霧散し、オリヴィアは目を凝らしてリリアナたちの動向を見る。

これはいよいよ告白してハッピーエンドを迎える予兆だと、胸をドキドキさせた。

（の、覗《のぞ》きに行きたい！　生の告白シーンをこの目に焼き付けたい！　けれどもここは我慢よ……お邪魔《じゃま》になってしまう……）

涙を呑《の》んで自制する。

ここはゲームの世界ではあるが、プレイヤーとしてすべてを見守ることはできない。

あくまでオリヴィアとして振る舞い、できる範囲で動かなければ。

「お待ちになって！　他のご令嬢たちがおふたりの邪魔をしようとバルコニーに向かっていますわ」

「何てこと！」

思わず声を上げて、足早にそちらに向かう。

邪魔をさせてなるものかと、オリヴィアは必死になった。

ここまできて告白シーンをぶち壊しにされたら、またいつ機会が巡るか分からない。

リリアナもイーノクも、相関図の矢印は互いに向かっていて、かつ大きく太く、真っ赤に染まっている。大きな文字で「大好き」と書いてある今が、絶好の機会に違いない。

「皆様がた、お待ちになって」

いざバルコニーに突入しようとしていた令嬢たちの前に躍り出て、行く手を阻んだ。

彼女たちの目が吊《つ》り上《あ》がり、キッと鋭い視線をオリヴィアに向けてきた。

「そこを退《ど》いてくださいませ、オリヴィア様」

「いいえ、退きません。退けば、皆様おふたりの邪魔をされるのでしょう？　そうはさせませんわ」

鷹揚《おうよう》な笑みを浮かべ、頑として譲らない意思を見せつける。

「邪魔をするわけではございません！　私たちはイーノク殿下にお話があるだけです」

「だとしても、ここでバルコニーに行くのは野暮《やぼ》というものでしょう？　ましてや、この先で何が行われているか分かっているのだとしたら、なおのこと。殿下に嫌われてしまうかもしれませんわね」

あまりにも無粋で、淑女らしからぬ態度よと窘《たしな》めると、彼女たちは一気に怯《ひる》んだ。

恋愛相談に長《た》けているオリヴィアが言うのだ、本当に嫌われてしまうかもしれないとうろたえ始めた。

ところが、その中のリーダー格の令嬢が負けじと言い返してくる。

「そうは言いましても、このままではあのリリアナという男爵家の娘が王太子妃になってしまうのですよ？　自分より格下の家の者が！　オリヴィア様は悔しくありませんの？」

「いいえ、まったく。イーノク殿下ならリリアナを幸せにしてくださるでしょうし、リリアナならイーノク殿下と上手《うま》くやれるはずです」

むしろ、イーノクの相手はリリアナしかありえない。

格下だからどうだとかは、一種の恋のスパイス。

それはあのふたりが手を取り合って乗り越えることであって、外野がどうこう言うものではないだろう。

「口では綺麗《きれい》ごとを言っていても、本当は悔しい思いをしているのではありませんか？　人の恋路ばかり応援して、自分の恋はまったく叶《かな》う兆しも見えないではないですか」

令嬢の矛先が今度はこちらに向かってきた。

そんなことを言っても、オリヴィアも自分たちと同じ穴の狢《むじな》なのではないかと。

ところが自分の恋と言われて、オリヴィアはきょとんとした。

叶う兆しも何も、そんなことは頭にもない。

「私にとって恋というのは応援したり見守ったりするもので、『自分でする』ものではありませんから」

「……どういう意味ですの？」

怪訝な顔を見せ聞き返された。

どうもこうも言葉の通りなのだがと、もっと分かりやすい言葉を探した。

「そうですね……言い換えれば、私、自分は恋に向いていないと思っておりますの。だから、結婚も誰かと恋に落ちてとかではなく、両親が選んだ方とするつもりです」

だから、リリアナたちのことを見て羨ましいやら悔しいやらの気持ちは浮かばない。

ただただ、感じるのは尊さだ。

ほっこりとした温かさとドキドキ感と幸福感。

オリヴィアにとってそれらを自分で恋をして得るのではなく、他人の恋路を見守りながら摂取したいのだ。

「……そんな……オリヴィア様、あんなに恋や人の心の機微に敏《さと》い方なのに……」

「それは客観的な視点を持っているからでしょう。全体を俯瞰《ふかん》して見ることが得意なので助言はできても、自分自身のことは疎いと言いますか、得意ではないと言いますか」

自分が恋をする、そしてそれを叶えるということに関して諦めを持ったのは前世からだ。

初恋から一度も叶ったことがない。

誰かに恋心を持っても、女としても見られないのだ。

とどめは面と向かって言われた、「お前は女というよりお母さんとかそんなんでしょ。恋愛対象じゃないって」という男子の言葉だ。

世話をやきすぎるところとか、何でもかんでも自分で解決してしまうところとか、一緒にいてもドキドキしないとさえ言われ、そこで悟りを得た。

私は恋をしても無駄なんだ、と。

自分は誰かに恋をしてもらえるほどの価値はないのだと、自分に期待をすることをやめてしまった。

代わりにのめり込んだのが恋愛漫画や小説、ゲーム。

今世に至っては、令嬢たちの恋の応援だった。

「私の喜びは、皆様の恋の応援をすることです。親友の恋ならばなおのこと。だから、ここを退くわけにはいきません。私の幸せのために。お分かりいただけましたか?」

改めて理由を伝えると、今度こそ令嬢たちは諦めてくれた。

互いの顔を見合わせて、ゆっくりとその場から離れていく。

(これで邪魔者はいなくなったわ。あとはふたり次第。リリアナ、イーノク殿下、しっかり決めてくださいませ)

ふたりに気付かれない距離で、かつ邪魔が入らないようにバルコニーの前に陣取りながら、オリヴィアは令嬢たちの恋愛相談に乗りつつ待った。

しばらくしてから、リリアナがバルコニーから出てくる。

(……こ、これは!)

声をかけようとしたが、彼女の様子を見て目を瞠《みは》った。

（リリアナが頬を真っ赤に染めて涙目になって、イーノク殿下に肩を抱かれながら出てきたわ！　足元が覚束《おぼつか》ない感じ、上の空といった恍惚《こうこつ》とした顔。さらにはイーノク殿下の甲斐甲斐《かいがい》しい姿。間違いないわ……キスをしてきたのね！）

ゲーム内でも見た場面だ。

イーノクのキスは情熱的で濃厚で。初めてにもかかわらずリリアナが腰砕けになっていた。そのスチルは生まれ変わった今でも脳裏に焼き付いているから間違いない。

（ゲームより積極的だわ、イーノク殿下）

告白シーンでキスという流れではなかったはずだ。

ということは、気持ちが昂《たかぶ》りすぎて、シナリオ以上のことが起こってしまったに違いない。

オリヴィアの期待を超えたことが起きていることに、胸の高鳴りが止まらない。

これで皆ハッピーエンドを迎えることは保証されたも同然。

これからもオリヴィアは生き続けて、いろんな人の恋愛模様を観察し続けることができる。

だが、その前にそろそろ結婚相手を見つけなければ。

リリアナの恋路を見守り終えてから縁談の話を引き受けようと決めていたので、これから本腰を入れて探す必要がある。

家のためにどうにか良縁を見つけられればいいのだけれど。

そう暢気《のんき》に考えていたオリヴィアは、自分の未来が安泰だと信じて疑わなかった。

ところがその後、予想もしていなかった人が出てくることになる。


（あぁ……素敵よ、リリアナ……）

イーノクとふたりで並ぶ彼女を見て、オリヴィアは感動に胸を震わせていた。

両想いになったふたりは、数日後に開かれた夜会に一緒に参加している。

青いドレスに身を包んだリリアナは、イーノクに腰を支えられながら幸せそうに微笑《ほほえ》んでいた。

腕を組んで会場に現れたこと、彼の瞳と同じ色のドレスを身にまとっていること。

それで会場内の人間は悟ったのだろう。

どよめきが起きていた。

（これよこれ！　私が生き延びて見たかったのはこの光景よ！）

前世の記憶が戻ってからというもの、一番見たかった景色がそこにある。

感無量とはまさにこのことだ。

涙が零《こぼ》れてしまいそうだし、できることなら周りも気にせず盛大な拍手をしてふたりを祝福したいところだが、すべて心の中に留《とど》めておいた。

淑女然とした態度はどんなときでも崩さない。

さて、今日は屋敷に帰ったらひとりで祝杯をあげよう。そう思っていたところにもう一度大きなどよめきが起こる。

黄色い声が混じっているところを見るに、誰か高貴で社交界でも人気の人間が現れたのだろう。

攻略対象の騎士団長か、はたまた宰相だろうか。もしくは隠れキャラの謎の貴公子なのか。

オリヴィアは次なる恋の予感に胸をときめかせながら、騒動の中心地を探した。

そしてようやく見つけたとき、悲鳴を上げそうになり、咄嗟《とっさ》に口を手で覆う。

(アシェル殿下っ!)

自分が見たものが信じられなかった。

まさかあの人がここで現れるとは思いもしていなかった。

何せ、そのフラグは随分と前に折っていたはずだからだ。

それなのにリリアナたちの前に現れた。

ひと悶着《もんちゃく》起きるに違いない。

――アシェル・シュラウド・クロウリー。

ここクズエンストリア王国国王の弟君である彼は、ゲーム本編では脇役だった。

イーノクルートの最初の方で、イーノクに近づこうとするリリアナに「身分相応な相手を見つけろ」と忠告する、所謂《いわゆる》お邪魔虫だ。

ほんの少しの登場であるにもかかわらず、そのビジュアルの良さとツンケンとした冷徹な態度から一部のファンから強い支持を得て、彼を攻略対象にしてほしいと望む声が多かった。

熱い思いが製作陣に届き、アシェルは追加攻略キャラとしてルートが作られる。

ところが、彼はいわゆるヤンデレというやつだった。

本編でリリアナと話したときに、彼女の芯の強さに惚れ込み、イーノクにとられまいと様々な画策をする。

あらゆる手を使いリリアナを捕らえようとするも、彼女も逃げようとするのだ。

腹に据えかねたアシェルは、ついにはリリアナを監禁しふたりだけの世界に閉じ篭《とこ》もる。

シンデレラ・シンドロームにしては稀《まれ》に見るメリバエンド一択のルートだった。

ちなみに、ここでもオリヴィアはリリアナを守ろうとして彼に殺されるという残念な結末を迎える。

故に、何かの間違いでアシェルルートに突入しては困ると、リリアナと彼の接触を徹底的に邪魔をした。

シナリオ上で会うはずだったときも具合の悪いふりをしてリリアナを足止めしたり、事前に彼が現れると情報を得ている場所には連れて行かないようにしていた。

おかげで滞りなくリリアナたちは結ばれたのだが、今日、その努力がすべて水の泡になってしまうかもしれない。

（絶対にリリアナと話さないようにしないと！）

新たなミッションが課せられた瞬間だった。

不自然に見えないようにアシェルに近づいていく。

たくさんの令嬢に囲まれて話しかけられているものの、アシェルはまったく興味も示さず話もせず、笑顔すら見せない。

まるで何ひとつ見えていないかのように無視をしていた。

まさにアシェル。

あの冷徹さ、他人への関心のなさ。ゲームの通りだ。

濡《ぬ》れ羽色《ばいろ》の髪の毛に紫の瞳。群衆の中でも彼が目立つのは、頭一個分背が高いからだ。

さらには正対称の顔。

まさに黄金律ともいえるパーツの配置は、美しいと言わざるを得ない。

冷ややかさを助長するスッと二重《ふたえ》の線が通った切れ長の目。真っ直ぐに伸びた鼻筋、厚めの唇。

何より特筆すべきは声だ。

攻略対象に追加されたときにボイスもついたのだが、推していなかったオリヴィアでさえも心を奪われた。

何度聞いても飽きない、低くて聞き心地のいいバリトンボイスだ。

きっと実際耳で聞いてみても聞《き》き惚《ほ》れてしまうのだろう。

なにせ、周りに群がる令嬢たちが、二十三歳と適齢期になっても婚約者がいないアシェルの目に何としてでも留まろうとしていることからも明らかだ。

どれほどつれなくされても、それでも惹きつけられてしまう。

それがアシェルという人だった。

ともあれ、今は急いで策を立てなければと頭を回転させる。

「オリヴィア！」

そんなところに、リリアナがイーノクのもとを離れやってきたのだ。

これ幸いとばかりにオリヴィアも彼女に近寄る。

「リリアナ！　とっても、とても素敵だったわ！　イーノク殿下とお似合いで、私も見ていて惚《ほ》れ惚《ぼ》れするくらいよ！」

「ありがとう。それもこれもオリヴィアのおかげよ。貴女がいつも私を励ましてくれて、おまじないをかけてくれたから」

「何を言っているの。リリアナ自らが動かなければこの結果にならなかったわ。私はちょっとお節介を焼いただけよ。すべてはリリアナの力よ――」

「そんなこと……！」

感極まったリリアナはオリヴィアを抱き締めて、何度もお礼を言ってきた。

こちらこそいい恋物語を見せていただいたのでお礼を言いたいところだが、感謝の気持ちを抱き締め返すことで示した。

（幸せが胸に沁《し》みる……）

いつまでもこうしていたいが、今は浸っている場合ではない。

まずはアシェルの目が届かない場所に移動してから……とそう思っていたときだった。

「――お前が、リリアナ・キースリーか」

ヒッと小さな悲鳴を上げて、思わず腕の中にいるリリアナを強く抱き締めた。

怖くて振り返ることができない。

冷や汗をダラダラとながしながら、どうしようと混乱を極めた。

「聞いているのか。お前がリリアナ・キースリーかと問いかけているんだ」

(……アシェル殿下っ)

リリアナと感動を分け合っている最中に見つかってしまったのだろう。気配もなく近寄り彼は声をかけてきた。

まずい。

このままふたりを会話させてしまったら、アシェルはリリアナに惹かれてイーノクから引き離すだろう。

せっかくふたりが両想いになったのにここで壊されてたまるかと、オリヴィアはアシェルに立ちはだかるべく勇気を絞り出す。

「……は、はい、私が……」

(い、いけない!)

先にリリアナが口を開く気配を感じて慌てて彼女を自分の後ろに隠して、ずいと前に出た。

「この女性がリリアナ・キースリーであることは間違いありませんわ、アシェル殿下」

リリアナという女性に声をかけたつもりが、何故か違う人間が答えた。

その状況に明らかにアシェルが鼻白んだのが分かった。

「お前は？」

「彼女の友人、ラーゲルレーヴ伯爵家のオリヴィアでございます」

「その友人とやらには用はない。そこを退け」

眉間に皺《しわ》を寄せ、アシェルは高圧的に言い放つ。

ちらりと彼の頭上を見れば、細い真っ黒な矢印がこちらに向いていた。

「邪魔」という文字に気まずさを感じてしまう。

さらにはリリアナに向かう矢印も真っ黒だ。

どうやら彼女へ疑いの目を持っているらしい。

「イーノクを堕としたという女はどんな人間か見極めてやる」と書いてあった。

これもシナリオ通りだ。

フラグを折ったとしてもただタイミングをずらしただけで、アシェルの目的は変わらない。

「いいえ。退くわけにはいきませんわ。リリアナはイーノク殿下と想いが通じ合ったばかり。そんなときに公衆の面前で男性と会話など、いらぬ憶測を呼びますので。……お相手がアシェル殿下となればなおのこと」

乙女ゲームならここで仲良さそうにしているリリアナとアシェルを見て、イーノクが嫉妬してあれやこれやしてしまうという、美味《おい》しい展開が待っているかもしれないので邪魔をするのは非情に惜しいところだが。

「それでお前が答えるというわけか」

「はい。僭越《せんえつ》ながら、私はおふたりの恋路を見守って参りました。客観的かつ俯瞰的《ふかんてき》にアシェル殿下のお話にお答えできるかと思いますが、いかがでしょうか」

(苦しい？　これで納得してもらえる？　あぁ……でもこれで納得して、お願い！)

たおやかな表情を浮かべているが、ドレスの下では嫌な汗を掻《か》いている。心臓がバクバクとうるさいくらいに鳴り響いていて、今にも緊張で倒れそうだった。

「興味はない。聞きたいことは、リリアナという女から聞く。退け」

オリヴィアの願いも虚《むな》しく、アシェルは申し出を一蹴した。

さらにリリアナと話そうとグイっとオリヴィアの腕に手をかける。

だが、咄嗟にその手を取り、ゆっくりと下げて丁寧に取り払った。

「殿下。おそらく、リリアナがイーノク殿下にふさわしい女性かを見極めにいらしたのでしょう？」

「……どうしてそう思う」

アシェルの視線が鋭くなる。

もともと涼やかな目の彼が睨《にら》みつけると、心の底から震えるほどに怖い。

リリアナなど、後ろで震えている。

「アシェル殿下は慎重な御方《おかた》とお見受けいたします。王家に男爵家の令嬢が大恋愛を経て嫁ぐことになるのかもしれない。そうなると、イーノク殿下の今後のことが心配になって当然ではありませんか？……たとえば、リリアナが悪女で、イーノク殿下が騙《だま》されているのではないか、とか」

だからリリアナと話がしたいのでしょう？　と指摘する。

すると、相関図の文字が「奇妙な女」に変わった。

「それで、お前の答えはなんだ」

「もちろん、その疑いを否定させていただきます。リリアナは誠実な人間であり、イーノク殿下への愛は本物です。そうですね、出会いから語らせていただきましょう。あれはリリアナが素敵な男性との出会いを夢見て足を踏み入れた夜会から始まります」

つらつらとリリアナとイーノクのこれまでの愛の軌跡を語る。

彼女たちの出会いがいかに運命的だったか、どのように心を惹かれ合って想いを通わせてきたか。

その際のリリアナの苦悩、辛さ。それを乗り越えた先に得た答え。

打算だけではイーノクと添い遂げることはできない。

そしてこの先も愛があればこそ、これからふたりにどんな困難が立ちはだかっても乗り越えられるのだと。

「イーノク殿下もまた、リリアナの前向きなところ、でもどこか儚《はかな》げな弱さが見え隠れするそんな危うさ、かと思えばここぞというときに見せる強さ、そこに心惹かれたのだと思います。もちろん、社交界の中でもひときわ目を引く、可愛《かわい》らしい姿にも惚《ほ》れ込んだことは間違いありません」

話しているうちに興奮してきたのだろう。

声が徐々に大きくなってしまった。

大好きなものを誰かにお勧めするときに、良さを知ってもらいたくて思いを滾《たぎ》らせる、そんな感じで話してしまっていたらしい。

「……オ、オリヴィア」

恥ずかしそうにしているリリアナに袖を引かれ、「もう十分よ」と言われたときにようやく我に返った。

まだまだ語り足りないほどだが、これでふたりがいかに真剣に愛し合っているかアシェルに分かってもらえただろう。

「何故、お前にそれが分かる」

「……え？」

「何故、イーノクがリリアナのその部分に惚れ込んだのか分かる」

だが、アシェルにはオリヴィアの熱い思いは届かない。

冷静に疑問点をぶつけてきては、こちらの話を突き崩そうとしていた。

ちなみに相関図は「変な女」に変わっている。

「それはお前の憶測か？　妄想か？　それとも願望か？」

グイっと顔を近づけて、オリヴィアを見定めるように目を細めて見てきた。

美と冷徹さを集結させた顔に間近で見つめられて、どきりとしてしまう。

同時にゾッと背筋が凍る。

いつもならスルスルと言葉が出てくるが、今は咽喉が凍ってしまったかのように震えて出てこない。

彼にどんな言葉を並び立てても、説得できない。そう直感的に思えてしまったのだ。

「……オ、オリヴィアは、恋愛相談の達人なのです！」

そんなオリヴィアを助けるように、リリアナが後ろから助け舟を出してくれた。

「恋愛相談の達人？」

近づけた顔を離したアシェルは、リリアナに目を向ける。

「はい！　人間観察に長けているので、いろんな人の気持ちを感じ取ることができるのです。だから
オリヴィアに相談すると、恋愛が上手くいくと評判なのです。実際、私も助けられました」

「だから、この女がイーノクの心を知っていても当然だと？」

「はい！　オリヴィアは敏いのです！」

リリアナを守らなければと気を張っていたが、実際は無理をしていたのだろう。

彼女に助けてもらえたことで、ようやく緊張の糸が緩んで冷静になる。

「アシェル殿下は信じられないかもしれませんが、人は隠そうとしてもついつい顔や態度に表してし

まうものです。言葉や仕草、視線や行動。それらを見ればおのずと分かるものがあります」

持ち直したオリヴィアは、それと相関図と、と心の中で付け加えてアシェルに反論をした。

「俺にはそれが分からないが、お前には分かると」

「他の方よりは捉えるのが上手、という程度ではありますが」

「それでお前がリリアナに手を貸して上手くいくようにしたと、そういうことか」

「私がしたのは助言程度ですわ。すべてはリリアナの人柄と行動があってのこと」

そんな大したことはしていない、あくまでこの結果はふたりが自ら手にしたものだというスタンスを崩さないまま応酬を繰り広げていた。

「それでも、私はオリヴィアの『おまじない』にいつも勇気づけられました！　イーノク殿下と結ばれたのはオリヴィアのおかげです！」

おそらく助け舟を出そうとしてくれたのだろう。

リリアナが両手を握り締めながら、すべてはオリヴィアのおかげだと大絶賛してくれた。

「なるほどな」

アシェルは納得がいった顔をして、フッと不穏な笑みを浮かべた。

「悪かったな、引き留めて」

そう言って彼は去っていった。

令嬢がたが惜しむように会場から去るアシェルの後ろ姿を見ている中、オリヴィアはひっそりと胸を撫《な》で下ろす。

(よかった、どうにか切り抜けられた)

一時はどうなることかとひやひやしたが、リリアナに惚れた様子もなく去っていった。

オリヴィアに怪訝な目を向けていたが、それもリリアナの説明で納得してくれたらしい。

「ありがとう、リリアナ。助けてくれて」

「私、本当のことしか言っていないもの。それにオリヴィアだって私を助けてくれたでしょう？　アシェル殿下と話して変な噂が立たないようにと矢面に立ってくれた」

このくらいして当然よと、リリアナは微笑む。

嬉《うれ》しくて彼女をギュッと抱き締めた。

「顔色が悪いわ。少し外に出て休みましょう？」

「ありがとう。そうするわ。リリアナはイーノク殿下のところに戻って……」

「水臭いこと言わないで。付き添うわよ」

ほらほら、と背中に添えられ、オリヴィアたちは会場を離れ中庭に出る。

近くにあったベンチに腰を下ろし、ふぅ……と深く息を吐いた。

少し冷たい風が心地いい。

喧噪《けんそう》や人の目から離れて、ようやく心が落ち着いたらしくスゥっと身体が楽になっていくのが分かった。

「そういえば、聞いてもいいかしら」

「なぁに？」

リリアナが首を傾《かし》げてこちらを見る。

その姿が何とも可愛らしいことか。イーノクが惚れるのも当然だと、オリヴィアは何故か誇らしい気持ちになった。

そっと彼女の耳元に口を寄せて囁《ささや》く。

「プロポーズされたとき、キスしたの？」

「え！」

ボンっ！　と音が出てしまいそうなほどに顔を真っ赤にしたリリアナは、口をパクパクと開閉させたあとに恥ずかしそうに俯《うつむ》く。

そして、頷いた。

「やっぱりね。バルコニーから出てきたリリアナ、もうイーノク殿下に愛され過ぎて腰砕けって感じだったもの」

うふふ、とたおやかに微笑んでみせるが心の中では狂喜乱舞だ。

こういうことはふたりの甘い秘密なので盗み見るのは野暮というもの。けれども話だけでも聞きたいと、ずっとふたりきりになれる機会を窺《うかが》っていたのだ。

先ほどの疲れなどどこへやら。

オリヴィアはドキドキしながら、恥ずかしそうにしながらも幸せに頬を緩めるリリアナを見つめていた。

「あのね、私がハンカチ一枚なんか贈ってもいいのかと迷っていたときに、オリヴィアが『イーノク殿下なら喜んでくださる』って自信満々に言ってくれたでしょう？　本当は半信半疑だったの。貴女は励ますために言ってくれているんだって。でも、本当だった」

リリアナはオリヴィアの肩に甘えるようにこてんと頭を乗せてくる。

オリヴィアも彼女にもたれ、「ええ」と優しい声で相槌《あいづち》を打った。

「オリヴィアの言葉は魔法みたい。だって間違ったこと言わないんだもの」

「私だって間違えることとくらいあるわ」

「そうだとしても、恋愛相談においては絶対的な信頼を置いている。貴女がいなければ、私、自分の恋を叶えることができなかったわ」

そんなことはない。

ゲームの中でリリアナは、いろんな人に恋をして、そして叶えていた。

そうじゃなくても、リリアナ自身愛される子だ。

明るくて優しくて、芯があって強《したた》かで。

誰もが魅了される、そんな女性。

きっとこれからも自らの手で幸せを掴みに行くのだろう。

そんな彼女をずっと応援していたい。

「リリアナ、私ね……」

「――ほぅ……そうやってリリアナを焚《た》きつけていたわけか」

「え！」

突如後ろから声が聞こえてきて、オリヴィアはリリアナと一緒に声を上げる。

一斉に振り返ると、ベンチの後ろにアシェルが立っていた。

「あ、あああアシェル殿下！　どうしてここに⁉　まさか盗み聞きをしていたのですか⁉」

思わず立ち上がり、リリアナと一緒に後退《あとずさ》る。

やけにすんなりと諦めたと思っていたが、まさか話を聞く機会を窺うための芝居だったのか。

オリヴィアは彼を睨みつける。

「人聞きの悪いことを言うな。先にここにいたのは俺だ。お前たちがやってきて、勝手に話し始めたんだろう」

「……それは申し訳ございませんでした」

呆《あき》れた言いがかりだと溜息を吐かれてしまい、オリヴィアは慌てて頭を下げた。

だが彼の言葉を信じたわけではない。根はヤンデレだ。ひと気がない場所で改めて問い詰めるために追いかけてきたとしても不思議ではない。

ここもどうにか逃げ切ろうと考えているとアシェルの視線は和らぐどころかますます鋭くなり、オリヴィアを貫いてきた。

しばしの時間、無言で対峙《たいじ》し、妙な緊迫感が生まれる。

「オリヴィア・ラーゲルレーヴ、と言ったか。先ほどの話を聞いて確信した。お前がリリアナのことを裏で糸を引いて操っていたわけだな」

「え！」

またオリヴィアとリリアナの叫び声が重なった。

ふたりで顔を見合わせて、一緒に首を横に振る。

「そんなそんな、糸を引いていたなんて……言いがかりですわ。あくまで助言です」

「そうですよ！　オリヴィアは決して操ろうなんて……」

「だが、お前のその助言とやらを聞いて動けばすべてが上手くいった、ということになる。それを怪しまない方が無理だろう」

（そう来ます⁉）

なるほど。

令嬢たちの間では恋愛相談で済んでいたことも、アシェルからすれば何かしらの企《たくら》みに見えるのだろう。

疑《うたぐ》り深《ぶか》い彼ならなおのこと。

「こ、恋は頭脳戦ですのよ、殿下」

「ほう……ならばお前は参謀といったところか」

苦し紛れに言った誤魔化《ごまか》しの言葉を真正面から返されて、オリヴィアはたじろいだ。

一介の令嬢から参謀と呼ばれるまでになるなんて随分と出世したものだが、この躍進はあまり嬉しくない。

できることならいちモブとして、そしてちょっとしたお節介な女として生きていたいのに。

「どうやらリリアナより、お前の方が要注意人物のようだな、オリヴィア・ラーゲルレーヴ。どんな小賢しいことを企んでいるのか、俺の目で見極めてやろう」

「いいえ！　考えておりません！　私は恋する乙女たちの味方でありたいだけなのです！」

そんな危険人物ではないと慌てて釈明しようとすると、ついと指先で顎を取られた。

リリアナの歓喜が混じった悲鳴が聞こえる。

かくいうオリヴィアも驚きのあまりに固まり、瞬《まばた》きも忘れて自分の顔に触れるその人を見つめた。

「俺はお前のようにこうやって顔を見ただけで心の動きなどは分からないが、怪しい人間は分かる。お前には何かあるのは間違いないだろう。覚悟しておけ。オリヴィアという人間がどんなものか、暴いてやる」

「な、ななな……なにを、どうして……」

（貴方《あなた》がここで目をかけるのはリリアナのはずでしょう⁉　い、いえ、目にかけてもらっては困るのだけれども、それでもどうして私を……！）

妙なことになってしまった。

何とか誤解を解こうと口を開いたが上手く声を出すことができなくて、去り行くアシェルの後ろ姿を見つめることしかできなかった。

「お、オリヴィア？　大丈夫？」

「……えぇ」

今度こそ大丈夫とはいいがたい。

完全に敵認定されてしまった。

「私の方からもアシェル殿下に誤解だと説明するわ。イーノク殿下にもお話をして、どうにか誤解をといてもらいましょう？　ね？」

「ありがとう、リリアナ。でも、大丈夫よ。自分にかけられた疑いは自分で晴らすわ。私に任せてちょうだい」

気持ちはありがたいが、彼にリリアナを近づけさせるわけにはいかない。ここはどうにか自力で切り抜けなければ。

「こ、こんなときにこんなことを言うのは不謹慎かもしれないけれど……アシェル殿下がオリヴィアの顔に触れたとき、凄《すご》くドキドキしてしまったわ。なんかこう……恋の始まりの予感？　のような」

頬を染めながら、オリヴィアも何か感じなかった？　と期待を込めた目で窺われたが、残念ながらそんなものは微塵《みじん》も感じなかった。

否定を込めて首を横に振ったのだが、それでもリリアナは食い下がる。

「もしかしたら、アシェル殿下、オリヴィアのことを気に入ったのではなくて？」

「いいえ。あれは気に入られたのではなくて敵認定されただけよ……」

相手がリリアナなら「面白れぇ女」展開もあり得るだろうが、いかんせん目をつけられたのはオリヴィアだ。

前世のできごとで恋を諦めるというのも変な話だが、残念ながら生まれ変わってもモテたためしがなかった。

夜会に出向いて紳士に話しかけられても挨拶程度。

いい雰囲気などなったこともなく、いまだ縁談もきていないので、これから話がまとまるか今から心配するほどだ。

きっとこの性格では男性受けしないのは今世でも変わらないのだろう。

せっかく薄紫色の髪の毛に、琥珀色《こはくいろ》の瞳と可愛らしい色合いに、愛らしい顔立ちで生まれ変わったというのに、こればかりは仕方がないと諦めるしかない。

だからこそ、リリアナの言葉を素直に受け取ることはできなかった。

「任せてオリヴィア！　今度は私が力になるわ！　貴女のような的確な助言はできないかもしれないけれど、できることは協力させて！」

「……いえ、いいの……本当に、本当にお気遣いなく……」

よしんばそうなったとしても、さすがにヤンデレ監禁コースは勘弁願いたい。

これはどうにか人畜無害のただのモブ令嬢であることをアピールしなければ。

そうでなければ危険人物だと粛清されてしまうかもしれない。

アシェルならありえる。

ゲーム内でもリリアナを手に入れるために悪逆非道をも辞さなかった人だ。

嫌われても好かれても地獄。だがそれがいい。

そうファンに言わしめたアシェルの監視が、この日から始まることになる。


監視といっても、夜会で動向を見守るなどという生易しいものではない。

そこはアシェルだ。

徹底していた。

「ラーゲルレーヴ伯爵の長女で、弟がふたり。上の弟は今は長期休みを利用して領地にて経営を学び、下の弟は王都に残り勉強中。そして当のお前は社交界で結婚相手を探しているものの、いまだにいい相手に出会えず。一方で他人の恋の世話は上手くいっていて、仲をとりもった数は数十をくだらない」

「……あの、アシェル殿下」

「なるほどな。お前は令嬢たちの恋の相談を受け、懸想《けそう》している相手が脈ありかどうかを教えると。どうすればいいかを助言する場合もあるが、たいていは令嬢に好意を抱いている相手を見つけ伝えている。実に効率的だ」

アシェルにつらつらと目の前で書類を読み上げられ、オリヴィアは居た堪れなくなってきた。

あの夜会の翌々日、彼は突如屋敷にやってきた。

驚き戸惑うオリヴィアの両親に案内されるがままに応接間のソファーに座り、オリヴィアを呼ぶようにと命じてきたのだ。

王家の馬車が屋敷前に停《と》まったのを見たときに嫌な予感がしたのだが、まさかアシェル本人が訪ねてくるとは思いもせず、おどおどしてしまう。

それでも懸命に平静な表情を顔に貼り付けてアシェルの前に現れたのだが、彼はちらりと一瞥《いちべつ》をくれるなり、侍従から書類を受け取り読み上げた。

どうやらオリヴィアを調査した報告書らしい。

それを本人を目の前にして読み上げられるのだ、さすがに取り繕った仮面が剥《は》がれかける。

「リリアナ・キースリーとは四年来の友人。彼女の社交界デビューにも手を貸してやったのか。随分と甲斐甲斐しいものだな。社交界デビューは女性にとっては戦場だろうに。他人を気遣う余裕まであるとはな」

「女性にも友情はありますのよ、殿下。何も競ってばかりではありません」

「そうか？　俺が目にする女性は皆、こぞってより目立とう、気に入られようと必死になっている。

それこそ、他人を蹴落としてまでな」

随分と偏った見方だが、それも致し方ないことだろう。

アシェルという優良物件を目の前にしては、目の色を変えてしまう女性は多い。さらに彼はなかなか公の場に現れない。

彼からしてみれば狩人《かりゅうど》のように見えるかもしれないが、令嬢たちは千載一遇の機会を逃すまいと必死だ。

「それで本日はどのような用件でお越しになったのですか？」

「敵情視察だ」

「随分と堂々とした敵情視察ですのね」

「隠れて見るのは性に合わん。俺は直接話をして相手がどんな人間かを見極める性質《たち》だ」

それにしてもあまりにも堂々とし過ぎて怖いくらいだ。

できることなら、隠れて敵情視察してもらった方がありがたい。

「他人からの評判は上々。いや、むしろいいくらいだ。怖いくらいにな。少しくらい嫌な噂があってもいいだろうに、それもない。むしろリリアナの方がいい噂と悪い噂の半々で、人間味がある」

「私が人間らしくないとおっしゃりたいのです？」

「いや、完璧すぎて裏があるんじゃないかと思えてくるんだ」

「……疑い過ぎです」

とは言いつつも、実際は相関図が見えるという裏があるために後ろめたい。

彼はそれを何となく感じ取っているのだろう。

だからこそ、オリヴィアを疑うのだ。

彼がここまでするのには、ゲームの攻略対象者らしく仄暗《ほのぐら》い過去があるせいもあるのだろう。

アシェルは現国王の歳離れた弟として生を受けた。

その一年後にはイーノクが兄の子として誕生することになる。のちの王太子として。

たった一歳の差だが、それがアシェルの運命を決定づけることになった。

――イーノクの影となり盾となれ。

彼が父親、そして母親や祖母から言われ続けた言葉だ。

表立って目立つことなく、あくまでイーノクを後継者として立てる役に徹すること。時には守るために盾となり、敵を排除すること。

それがアシェルの存在意義であり、反すれば王家にいる意味はほぼなくなると思えと徹底的に教育されてきた。

イーノクは光、アシェルは影。

対照的に描かれることが多かったふたりは、アシェルがその役割から逸れることなくいることで上手くいっていたのだ。

ゲームでは、アシェルがリリアナに心を惹かれ始めたことで均衡が崩れていく。

リリアナはイーノクの想い人。

決して惹かれてはいけない女性だった。

ところが、一度惹かれた心はどうにもできず、制御が利かない。

むしろ、イーノクに対して初めて背徳的な感情を持つことにより、欲がますます加速していったのだ。

そしてある日、リリアナの優しさに触れたときに理性が弾ける。

長年の教えに反し、アシェルは己の欲望で動くことになる。

それがリリアナの監禁に繋《つな》がるのだ。

(きっかけがリリアナに優しくされたから。……そう考えるとアシェル殿下って案外ちょろいのよね)

それだけ優しさに飢えていたのかもしれないし、警戒心の強い彼の心の隙間にリリアナの優しさがするりと入り込めるものだったのかもしれない。

(どちらにせよ、優しい言葉は極力やめたほうがよさそう)

リリアナと違って惚れられることはないとは思うが、何かしらのフラグを立てたくはない。

彼の琴線に触れることなく、どうにかオリヴィアが危険人物ではないということを納得してもらわなければならなかった。

「私はどうしたら殿下の疑いを晴らすことができるのでしょうか」

「何もしなくていい。俺が自分の目でお前を見て決める」

「そうは言いましても、こう……じっくり見られていましたら居心地が悪くて……」

「お前も他人を観察してその心を読むんだろう？　同じことをしているだけだ」

そう言われてしまえば何も言い返せない。

つまりとことんまで付き合わなければ納得してもらえない。そういうことなのだろうか。

「絶対に暴いてやる」と彼の目は言っているし、相関図も言っている。

出てきそうになった溜息を噛み殺した。

「分かりました。殿下が納得されるまで視察してくださって構いません。ですが、ほどほどにしていただけませんか？」

「断る。お前の指図は受けない」

「で、ですが、夜会などで話すくらいでよろしいのではありませんか？　突然屋敷に来られますと両親も驚きますので……」

「屋敷では素の姿を見ることができる。お前のすべてを知らなくてはいけないからな」

こんな感じで押し問答が続く。

オリヴィアを監視し危険がないか見極めたいアシェルと、ほどほどにしてほしいオリヴィア。

妥協点が見つからず、平行線で終わる。

侍従の「次のご予定が」という言葉でようやくアシェルは帰る気になり、スッとソファーから立ち上がった。

「次にここに視察に来られそうなのはいつだ」

去り際、アシェルは侍従に確認をする。

「明後日の午後からお時間が空いております」

「だ、そうだ。今日は小手調べだからな。次はお前の過去についても話を聞こう」

「……その日はすでに予定が」

非常に残念なことに予定はないのだが、ここはこう言っておくしかない。

「安心しろ。そのときはお前の出先にまで出向いてやる」

「……屋敷で大人しくしております」

当分逃げられそうになかった。


再びやってきたアシェルは、予定通りにオリヴィアの過去を聞いてきた。

表向きの情報は前回同様、調査書を読み上げながらの質問、いやこれは尋問に近いものがあった。

前世の記憶や相関図が見えること以外は平凡に生きてきたのだ、どれだけ探ろうとも叩《たた》こうとも埃《ほこり》は出てこない。

だから、一度攻勢に打って出た。

「殿下ばかり質問するのは不公平ではありませんか？　たまには私にも殿下に質問させてくださいませ」

「いいだろう。聞きたいことを聞け」

アシェルは足を組み、さぁどうぞと余裕の態度を見せる。

こちらは毎度あたふたしているというのに、彼はどんと構えているのが何とも小憎たらしい。

ここはひとつ、答えづらい質問でも投げてみようかしらと意地悪な気持ちを出した。

「私に意中の相手がいないと殿下はおっしゃいましたけれど、アシェル殿下はいかがです？　気になる方はいらっしゃいませんの？」

途端にアシェルの顔が顰《しか》められる。

「お前の観察眼で当ててみればいいだろう」

「そうですね。私が見るに、いまだにそういうお相手はいないかとお見受けいたします」

彼の恋の矢印は誰にも向いていない。

リリアナにも向かっておらず、むしろ無関心の灰色を示していたのでその線もまだなさそうだ。

「むしろ、そうしないようにしているのではありませんか？」

「というと？」

「敢《あ》えてそういう相手を探そうとしていないのではないか、と。興味がないのか、それとも別の理由か」

……とぼかしたように言っているが実は知っている。

イーノクが相手を見つけるまで探す気がないのだ。

興味がないのは当然ながら、万が一結婚しようとした相手が被ってしまってはいけないと自制していた。

皮肉にも、ゲームではその自制がリリアナのせいで壊れてしまうのだが。

「探す必要がない、というのが本当のところだが。俺は後継者を残す必要はない。だから、結婚もする必要もなく、ひいては相手を探す必要もない」

「必要性……ですか。そこのところをいけば、私も無理して結婚する必要はないのですよね。もちろん家に利益をもたらすためには必要ですけれど、私自身は特に……」

そこだけを見れば、個人的には結婚しなくても構わないと思っている。

恋愛も向かないと考えているのだ、結婚も利益云々《うんぬん》を別にすれば必要ない。

「それに私、殿方には人気がありませんから」

「それはあれだろう。皆、お前に見透かされそうだからと避けているんだ」

「……なんですの？　それ」

笑顔のまま固まってしまった。

「お前と結婚したら隠しごとも全部見透かされそうだと男どもは言っているようだな。浮気やギャンブルもできないだろうと、結婚相手候補から外していたようだ」

男性たちから自分に向けられる矢印は「関わりたくない」と書かれているものが多かった。

興味がないからそう思われているのかと思ったが、まさかそんな真実が潜んでいたとは。

相関図は便利だが、主たる要素しか分からないのが難点だ。

前世ではお母さんみたいだから女性として見られないと言われ、今世では見透かされるから怖いと恐れられている。

自分の生き方はとことん恋に縁がないもののようだ。

「……きっと私も結婚できませんわね」

「男どもに後ろめたいことがあるからそんなことを恐れる。もともと碌《ろく》なものではないのだろう。お前が相手にすることもない」

アシェルの思いがけない言葉に驚き瞬く。

「あら、慰めの言葉ですか？」

「違う。単に真実を述べただけだ」

そうは言いつつも、今のアシェルの言葉にオリヴィアの心は少し慰められた。

きっと彼はそのつもりはないのだろうけれども、人間というのは時に他人の何気ない一言に救われるものだ。

ゲームのアシェルもそう。

「ですが、お礼を言わせてください」

「勝手にしろ。だが、このくらいで甘い顔はしないぞ、俺は。次の質問だ」

「あ、はい……」

少し心が温まるやり取りだと思ったのだが、彼はすぐにいつものように冷たい顔になった。

オリヴィアはスンと真顔になり、再び始まった質問攻めに辟易《へきえき》としながら時間を過ごした。

『……もういい加減信用していただけませんか？』

そう切り出したのは、五回目くらいの視察のときだ。

これだけ話を重ねてもいまだに信用を得られないのかと不安になった。

何せ、オリヴィアに向けられる矢印は変わらず「奇妙な女」。色はどことなく黒に赤っぽいものが滲《にじ》んでいるような気がするが、彼の中にどのような変化があるかはよく分からない。

奇妙な女でもなんでもいいのでいい加減結論を出してもらい、もう屋敷に来ないでほしい。

「なぁ、オリヴィア、アシェル殿下とはどうなんだ？　気に入られているのか？」

「も、もしかして、結婚の申し込みの兆しがあるの？」

両親が、アシェルがやってくるたびに期待を込めた目で見てくるのだ。

それが何とも居た堪れない。

「いいえ。それは絶対にありえません。お父様、アシェル殿下には期待せず、私の縁談を他の方で進めてくださいませ」

この言葉を何度口にしただろう。

そのたびに父は「いや、もしかすると万が一のことがあるかもしれないし……」と乗り気になってくれない。

これまで浮いた話ひとつなかった娘が得た、千載一遇のチャンスだ。しかも王弟。

諦めきれないのだろう。

さらにはリリアナまでもが、アシェルとの仲を勘違いしている。

「ねぇ！　オリヴィアのお屋敷にアシェル殿下が足繁《あししげ》く通って、しかも口説いていらっしゃるのでしょう？　やっぱりあのときオリヴィアを気に入ったのね！」

「いいえ。口説かれても気に入られてもいないの。むしろ逆よ。私は疑いの目を向けられて調べられているのだから。その誤解を今すぐ解いてリリアナ。お願いよ」

貴女も勘違いしないでとお願いしたのだが、いかんせんリリアナは初めてのオリヴィアの恋の予感に興奮していた。

そうは言いつつも、アシェル殿下は結婚相手としては魅力的でしょう？　結婚を申し込まれたら断らないでしょう？　ともうタイミングとオリヴィアの気持ち次第だと思い込んで話してくる。

たしかに未婚の男女が頻繁に会っていると聞けばそう考えるのが世の常。オリヴィアももし誰かがそんな状態だと聞けば、「恋仲になるまでもう少しね」と考えてしまうだろう。

だからこそアシェルには早く結論を出してほしかった。

ところが、彼は冷たく言う。

『まだ俺の気が済んでいない。お前は謎だらけだ』

そう言うばかり。

（あれだけ個人情報を出しているのに、何をそんなに謎があるというのよ！）

こちらこそアシェルが何故ここまで調べたがるのか謎だ。

悩ましい日々が続く。

そんなある日、リリアナから誘いがくる。

「鷹狩り、ねぇ」

「そうなの。イーノク殿下がよく鷹《たか》を連れて狩りにお出かけになるらしいのだけれど、私が行ってみたいと言ったら同行を許してくださったの。それで、私ひとりでは心細いから、オリヴィアも一緒にどうかと思って」

イーノクが鷹を飼っているというのはゲームの設定でもあったが、狩りにも出ているとは知らなかった。

貴族の娯楽としてはよくあるもので、金も人も多く使う趣味らしい。

それにリリアナとオリヴィアの同行を許してくれたのだ、断るのは失礼かもしれない。

「馬で獲物を追うのよね。乗馬用のドレスを用意しなくてはいけないわね」

「ということは、一緒に行ってくれるのね、オリヴィア。ありがとう」

「せっかくの誘いだもの」

本音を言えば、両想いになったばかりの蜜月期の、イーノクとリリアナのいちゃいちゃを見たい。

(もしかするとイーノクとリリアナの胸キュンイベントが起きてしまうかもしれないし)

そろそろ恋模様に飢えてきたころだ。

存分に観察して、幸せのお裾分けをいただきたい。

「なんだ、お前もいたのか」

「……偶然ですわね、アシェル殿下」

オリヴィアの頬がひくりと震えた。

鷹狩り当日、城に行くとリリアナとイーノク、そしてアシェルが狩猟用の服を着て立っていた。

黒いジレにボルドーのコート、白のトラウザーズに黒のブーツと悔しいくらいに様になっている格好に一瞬見蕩《みと》れてしまいそうになり、ウッと息を詰まらせる。

（これでヤンデレ監禁男でなければ……）

アシェルがオリヴィアを知ると同時に、オリヴィアもアシェルという人を知っていった。

知れば知るほどに、惜しい気持ちが生まれてくる。

まっとうな恋愛をしてくれればまだ、と。

何か間違えてアシェルに恋をしても、おそらく不毛な恋に終わるだろうけれども。

それより何より、先に聞いておかなければならないことがある。

「……リリアナ、謀《はか》ったわね」

「ええ!?　何のこと？」

わざとかと疑ってしまうほどの受け答えに、オリヴィアは溜息が出た。

念のためとイーノクの相関図を確認すると、彼のこちらに向ける矢印は好奇心を表す黄色を示していた。

「アシェルといい感じになってくれるといいな」と書いてある。

（……当然貴方も一枚噛んでいますのよね……イーノク殿下）

苦笑いが浮かぶ。

つまり、今回の誘いはリリアナとイーノクが用意したアシェルとの逢瀬《おうせ》の場だ。

ただのお茶会などにあのアシェルは参加しない。

だからわざわざ鷹狩りという金も人もかかる場を用意してくれたのだ。

オリヴィアがふたりの恋模様を楽しもうとしていたように、彼らもこちらの恋路を応援しながら見守ろうとしていたということだろう。

そんなに期待されてもそれに応えることはできないと思いますと、いっそのこと帰ってしまいたかった。

「乗れ」

「はい？」

上の方から声が聞こえてきたので仰ぐと、背後に黒い馬に乗ったアシェルがいた。

こちらをいつものような冷ややかな目で見下ろし、眉間に皺を寄せる。

「乗れ、と言ったんだ」

「……それはアシェル殿下の馬に乗れということでしょうか」

「そうでなければわざわざ『乗れ』とは言わない」

「あの……私、他の方の馬に……」

アシェルが乗る馬に一緒に乗るなんて、大それたことはできないと辞退しようとした。さっそく空いている人を見つけようと辺りを見渡す。

ちょうどひとりで乗っている男性がいたので、彼に近寄ろうとした。

「待て」

ところが、アシェルがオリヴィアを引き留める。

わざわざ馬上から手を伸ばし、肩を掴《つか》んで。

「イーノクにお前を押し付けられたんだ。つべこべ言わずにさっさと乗れ」

彼は一旦馬から下り、オリヴィアに先に乗るようにと視線と顎で指示をしてきた。

押し付けられた、と言うのであれば放っておいてくれてもいいのにと思いながらも、オリヴィアは鐙《あぶみ》に足をかけて乗ろうとする。

だが、馬になどほとんど乗ったことがないので、身体が上手く上がらない。

それを見たアシェルの溜息が聞こえたかと思うと、腰を掴まれた。

「ほら、持ち上げてやるから乗れ」

「で、ですが！」

「これ以上俺を煩《わずら》わせるな」

不機嫌に言われて、オリヴィアは肩を竦《すく》めた。

大人しく手伝ってもらうと、勢いよく身体が上がって小さな悲鳴を上げる。

「随分と軽いものだな。ちゃんと食べているのか」

「た、食べております！　それに女性にそういうことを言うのはデリカシーがありませんよ！」

顔を真っ赤にしながら言うも、アシェルにはピンときていないようで、何も言い返されずに無言で
ふたり乗り用の鞍《くら》の前の部分に乗せられた。

スカートの形を整えていると、軽やかな身のこなしでアシェルが後ろに乗ってくる。

手綱を取るために手を伸ばしてきて、オリヴィアを後ろから包み込むような体勢になり、どきりとした。

「悪いな。俺にデリカシーなどは分からん」

アシェルの合図で馬が動き出す。

意図せずしてふたりきりの時間が生まれてしまった。

（……どうしよう……気まずいわ）

いつもならアシェルの方から質問をしてくる。

尋問とも言える質問攻めが続くので、話題を考える暇などなかった。

ところが今回は視察でもなんでもなく、趣味に付き合っている形だ。

世間話などをすべきなのだろうが、いかんせん背後からアシェルの気配がして緊張してしまう。

ほのかに香るムスクの香りや、頭上から聞こえてくる彼の息遣いがオリヴィアを意識させていた。

「あの、鷹狩りはよくされるのです？」

気を紛らわせたくて、無理矢理《むりやり》話題を見つけて投げかけた。

「よくイーノクに付き合わされる」

そんなくだらない質問をするなと煩わしそうに言われるかと思ったが、意外にも彼はまともに答えてくれる。

「あいつのように俺は鷹を飼ってはいないが、鷹匠《たかじょう》を雇っている。雇っているというより、雇わされたという方が正しいな」

「イーノク殿下にですか？」

「ああ。いつでも付き合えるようにな」

「さしものアシェル殿下も、イーノク殿下の前では形無しですわね」

「あいつのこの手の頼みは、断っても決して折れないからな」

だから仕方なくだとアシェルは言う。

ここからは見えないが、少し笑っていたかもしれない。

アシェルとも世間話というものができることが嬉しかった。

返事は素っ気ないものではあったが、無視をされることはない。

まだまだ信用は得られないようだが、少しは仲良くなれたのかもしれない。

そういえば、相関図の矢印の色も黒みが減ってきた気がする。

「……煩わしいな」

「何がです？」

「あのふたりの窺うような視線だ」

あのふたりと心当たりのある方を見れば、リリアナ・イーノク両名と目が合った。

口パクで「頑張れ」と応援されたが、見ないふりをする。

「リリアナとイーノク殿下ですか」

「あぁ。俺たちに何かを期待しているらしい」

その「何か」が指し示すところに心当たりがあるのか、アシェルは苦々しい顔をしていた。

「期待されても困りますよね」

「そのとおりだ。勝手に期待されても応えることは難しいな」

オリヴィアが「おほほ」と笑えば、アシェルも「ふんっ」と鼻で笑う。

「ありえませんわよねぇ、私たちが……まさかねぇ」

「そもそも、俺はいまだにお前を疑っている最中だぞ」

「そうですわよねぇ」

そんな一行の行先は、王家が所有している山だ。麓《ふもと》に森と平原があり、森から出てくる獲物を見通しのいいところで仕留めるのだ。

先にイーノクたちの家臣が到着し、獲物探しを始めている。

獲物を見つければ、アシェルとイーノクが鷹を放ち捕らえる、というのが一連の流れだが、その獲物がなかなか見つからない。

まったく狩れないときもあるのだそうだが、運よく見つかれば互いの鷹を同時に放ちどちらが仕留めるかを競わせることもあるのだとか。

その瞬間が楽しいのだとアシェルは言っていた。

今の所アシェルの鷹の方が勝率がいいらしい。

「今回は待ちが多そうだな」

山に到着したときにはいまだに獲物を探せず、森の中で捜索中のようだった。

「こういうときは、皆さん何をしてお待ちになりますの？」

「人それぞれだ。話をして待つ者もいれば、小さな茶会を開いている者もいる。中には待ちきれずに自ら森に入って獲物を探したりな」

ちなみにイーノクは話をして待つタイプのようで、侍従が用意していた椅子にリリアナとともに腰を下ろし、楽しそうに話していた。

獲物を見つけて平原に追い込むことができたら、笛で知らされることになっている。

「それで、アシェル殿下はどのタイプですか？」

「むろん、探しに行く方だ」

アシェルらしい選択だ。

「行かないのです？　森に」

随分と長い間森に入らずにじっと待っているようだが、アシェルも行けばいいのにと首を傾げた。

「お前を森に連れていくわけはいかないだろう」

「ここに置いていっても大丈夫ですよ？」

「……いや、面倒を見ろと押し付けられたからな」

「押し付けられたのなら、無理して私に付き合うことはありませんのに」

いつもの彼ならお構いなしに行ってしまうだろうに。

イーノクに言われたからか随分と律儀に近くにいてくれる。

「ふんっ。男どもから恐れられているお前の相手をしてやれるのは、俺くらいなものだ」

「まぁ……お優しいやらデリカシーがないやら」

「だから俺はデリカシーなんてものは知らない」

言っただろうと言われ、オリヴィアはくすりと微笑んだ。

「森に行ってみませんか？」

「本気か？」

「はい。森に入ったことがないので、行ってみたいのです。危険な場所だと言われ続けていたので足を踏み入れることはなかったのですが、アシェル殿下と一緒でしたら大丈夫かなと思いまして」

アシェルに退屈に付き合わせるのも申し訳ない気持ち半分、森に興味があるのが半分だ。

「仕方がない。そこまで言うなら行ってみるか」

「お付き合いお願いします、アシェル殿下」

イーノクとお抱えの鷹匠に森を散歩してくると告げたアシェルは、さっそくオリヴィアを馬に乗せ出立する。

挨拶がてらリリアナに手を振ると、彼女はワクワクした顔でこちらを見ていた。

「ふたりにますます勘違いされてしまうかもしれませんね」

「勝手にさせておけ」

もう面倒くさくなっているのだろう。

返事も適当だった。

「まぁ、でも、あのふたりの期待には応えられないですが、私たち友情は築けると思いませんか？」

いわゆる「いいお友だち」というやつだ。

今日、彼と話していて楽しかったし、ふたりの時間は嫌ではなかった。

恋仲にはなれないが、そういう形をとってみてもいいのではないか。

オリヴィアはそう思えた。

ところが、アシェルは難しい顔をしている。

「お前の疑いが晴れたらな」

「私、そんなに信用がない人間でしょうか？　どこがうさん臭く見えるのです？」

「いや、うさん臭くは……見えない。信用がないわけでもないのだが……」

珍しく言いよどみ、言葉を選んでいるようだった。

「ただ、どこか引っかかる。お前は、他の人間とは何か違う。だが、何が違うかが分からないから疑いの目を向けざるを得ない」

「何が違うのでしょうね……」

たとえば転生者という点だろうか。

相関図が見える点とか。

人と違うと言われればその通りだ。

「さぁな。お前と話すたびに分からなくなっていく。不思議なことにな」

馬はゆっくりと森を進み、鳥のさえずりと梢《こずえ》から漏れる日の光が気持ちいい場所へ移った。

生い茂る緑を目にしながら、オリヴィアはふと思った。

「でも、違っていて当然だと思います。人は皆同じではありませんから。それぞれがちょっとずつ違う」

たとえば相関図がそうだ。

同じ人に向けられる感情は一様ではない。

ある人は恋情を、ある人は憎しみを、ある人は無関心。

向かっているのは同じ人への矢印なのに、何ひとつとして同じものはない。恋情にも微妙に色合いが違ったり、文字の内容が違っていたりとさまざまだ。

中には自分の感情を具体化できず、疑問符をつけたままの人もいる。

「人の心は単純なように見えて複雑難解ですからね。私が知り得ることなんて、ほんの少し」

「お前がもっと単純な人間なら話は早かったんだがな。腹に一物を抱えていたり、何か企んでいたりしていたら、すぐにでも粛清できる」

「私は結構単純だと思うのですけれど」

そんなに難しいだろうかと首を傾げた。

「ですけど、仕方ありませんね。殿下が納得できるまでお付き合いするしかないようです」

「恩着せがましい言い方だ。お前が謎過ぎるのが悪い」

（素直じゃない方）

ふと頭上を見れば、初めて会ったその日より大きく太くなった矢印が見える。

色はさらに複雑になっていて、黒に赤だけではなく他の色も混じったものになっていた。

文字はというと、「奇妙な女」から「謎の女」に。

何だかんだ言いながら少しずつ前進しているようだ。

「随分と奥まで来ましたが、動物は見つかりませんね」

「笛の音も聞こえてこない。いよいよ今日は収穫なしで終わりそうだな」

それは残念だと肩を落とす。

せっかく来たのだから見てみたかったのだが、これればかりは運なので仕方がない。

散歩だけで終わりそうだ。

「そろそろ戻りますか？」

「その方がよさそうだ。……雷が鳴る音が聞こえてきた」

「……え？」

サッと空を見る。

だが、背が高い木々が邪魔をして、一部分しか見えなかった。

「気のせいではありません？」

「いや、ここからは見えないだろうが、音は聞こえている。近づいてもきているな」

「そ、そうですか……」

オリヴィアからは真上の空しか見えないために分からないが、もしかすると遠くから雷雲が迫ってきているかもしれない。

汗ばむ手でスカートをぎゅっと握る。

「苦手なのか」

「え？　何がですか？」

焦った声を出すと、アシェルがくつくつと笑う。

「雷だ。顔色が一気に悪くなったぞ」

「……はい。子どもみたいですが」

前世から雷は苦手だった。

割れるような大きな音、稲光、いつどこに落ちるか分からない恐怖。

近所の大木が雷に打たれて真っ二つになった光景を見て、心の底から震えあがった。

(雷は木の下に逃げ込んじゃダメなのよね？　ここは木ばかりじゃない……っ)

このまま平原に出ても危ないだろうが、雷雲がやってくるまでに馬で逃げ切れればどうにかなるかもしれない。

恐怖でバクバクと早鐘を打つ心臓を手で押さえつけた。

「……アシェル殿下、急いで森を抜けましょうか」

「あぁ。お前が子どもみたいに泣いてしまう前にな」

「泣きません！　……と言いたいところですが、今度ばかりは自信がありません」

本当に苦手なのでお願いしますと、振り返り涙目で頼むと、アシェルは「分かった」と言って頭をくしゃくしゃと撫《な》でてきた。

不慣れなのか、それともしおらしい姿を見せたオリヴィアを見ていられなかったのか、手つきは粗野だったがどこか優しかった。

「それでは、行きましょうか」

「あぁ」

そう言ってアシェルが手綱を握り直したそのときだった。

空を揺らすような轟音《ごうおん》が鳴り響いたのは。

「きゃあああああああっ！」

オリヴィアは悲鳴を上げて身を屈《かが》め、近くにあったものを縋《すが》るように思い切り握り締めた。

ところがそれが馬の鬣《たてがみ》だったのだ。

咄嗟の行動だったために力の加減などできず、恐怖からくる行動は予測できない。

轟音に驚いたのか、それとも鬣を引っ張られた痛さに驚いたのか、両方か。

馬がいななき、前足を持ち上げてオリヴィアたちを振り払うように身体を揺らした。

いろんなことが同時に起きて自分の身に何が起こっているか分からず、そのまま馬の動きに逆らうことができずに身体が浮く。

「オリヴィア！」

落ちる、と思ったときにはすでに顔が天を仰いでいて、頬に雨粒が降ってきた。

ドン、と全身を打つような衝撃を感じたが、思った以上に柔らかな感覚が襲ってくる。

何かに包まれて、痛みを感じなかったオリヴィアは雫《しずく》を落とす雨雲を見つめながら何度も瞬いた。

馬が興奮してどこかへ駆けていくのが見えて、ようやく我に返る。

そして自分が今どんな状態なのかを考えた。

「アシェル殿下！」

そうだ、彼は無事なのかと青褪《あおざ》める。

オリヴィアが落馬したのであれば彼だってその可能性がある。

さっき駆けていった馬の上にはいなかった。

ならばやはり一緒に落ちて。

「あ、アシェル殿下っ！」

涙声で叫ぶ。

身体を起こそうとしても、何かが邪魔をして上手く起き上がれない。

どこか怪我をして動かせないのかもしれないが、今はそれどころではない。

アシェルを探さなければ。

「アシェル殿下！」

「……うるさい。どこを見ている。俺はここだ」

「……え？」

間近で声が聞こえてきて、声のする方向に振り返る。

すると、彼はオリヴィアのすぐ後ろにいた。

いや、正確にはオリヴィアの下だ。

重なるようにして仰向《あおむ》けに地面に倒れていたのだ。

よくよく見れば、オリヴィアが起き上がることができなかったのも、彼の腕が胸の下あたりに回っていたためだろう。

アシェルがいたことにホッとした。だが、それも束《つか》の間、何故このような体勢になっているか理解できて、慌てて彼の上から退いた。

「……も、もしかして、私を庇《かば》ったのですか？　私を抱きかかえたまま……」

「さすがにお前が地面に叩きつけられたら死んでしまう。あんなに軽いんだからな」

「そうだとしても、何もご自分が怪我をされてまで……！」

怪我ひとつなくいられたのはアシェルのおかげだ。

だが、そのために彼が怪我をするのは嫌だ。

やるせなくて、申し訳なくて、オリヴィアは目から涙を零した。

「こんなことで泣くな」

「こんなこととは何ですか！　大ごとです！　一大事です！　それより、お、お怪我は⁉　痛いところはありませんか？」

強がらないでほしい。

平気なふりをされてしまうとますます辛くなってしまう。

「頭は打ちましたか？」

「いや、大丈夫だ。そこは腕で守ったからな。だが、その守った腕が痛む。もしかすると、折れているかもしれないな」

念のためおかしなところがないか彼の全身を見て、動かしても大丈夫そうか確かめた。

前世の知識たよりの確認なので心もとないが、アシェルが頭を打っていないと言っていたので大丈夫だろう。

「起き上がれますか？　お手伝いします」

彼のうなじ下あたりに手を添えて、ゆっくりと起こす。

「……っ」

その瞬間、アシェルの顔が歪《ゆが》んだのが分かった。

「他にも痛めていそうですね」

「脇腹に痛みが走る。ここもやってしまったようだ」

現状、右手と右脇腹が怪我をしている。痛むのはそこだけで、もしかしたらこれから身体の興奮状態が収まれば、もっと痛むところが出てくるかもしれない。

その前に、どこかで応急処置をしなければ。

「殿下、この辺りで休める場所はありますか？」

「少し行った先に狩猟小屋がある」

「そこに避難しましょう」

馬はいない。雨も降っている。

しかも雷も鳴り響く中、手負いの状態でやみくもに歩くのは危険だ。

イーノクたちや、アシェルの臣下たちもこの天気では下手に探しにこられないはず。

ならば、一刻も早くアシェルを身体の休められる場所に連れていくのが最善だ。

「私が支えます。いくらでも寄りかかってください。小屋まで頑張りましょう」

「俺がお前に寄りかかったら潰してしまう」

「潰れないように踏ん張りますから！」

彼の左側に回り、脇の下に身体を入れ込んでしっかりと手で支える。

こうしても痛くないかと聞くと大丈夫だと言うので、アシェルの案内をたよりに小屋に向かった。

小屋はほどなくして現れる。

その頃には雨は本格的に降っていて、ふたりともびしょ濡《ぬ》れの状態だった。

中に入ると、小さな暖炉と薪《まき》と、食料、そして毛布などの寝具もある。

さすが王家所有の土地にあるだけあって、定期的に手入れがされているのが分かった。

ひとまずアシェルを暖炉近くの床に座らせ、オリヴィアは急いで暖炉に薪を設置して火を点《つ》けようとした。

ところが、火をどう生み出したらいいか分からず、何かいい道具はないかと辺りを見渡す。

火打ち石があったが、これをどうすればいいのだろうと持ったまま考え込んでしまった。

「教えてやるから手を貸せ」

見兼ねたアシェルが助けを申し出てくれた。

アシェルの使える左手とオリヴィアの手を使って、教えてもらいながらどうにかこうにか火を点ける。

おがくずに付けた火を大きくすると、薪の上にのせて移していった。

ようやく求めていた大きさまで成長させることができて、ホッと胸を撫で下ろす。

「ありがとうございます。あとは私がしますから、休んでください。……申し訳ございません、お手間をおかけして」

怪我の手を借りてしまったことに申し訳なさを感じながら、ぺこりと頭を下げる。

「無駄な気遣いはやめろ。今は使えるものは使って当然だ」

「……はい」

気遣いをしてくれているのはどちらなのか。

だが、その通りだとアシェルの言葉に頷いた。

「手当させてください」

「できるのか？」

お前が？　と訝《いぶか》し気《げ》な顔をこちらに見せてきたので、オリヴィアは今度こそ役立ってみせると「任せてください」とスッと立ち上がる。

折れている骨を固定できる添え木になるような大きさの薪を探し、次にアシェルに向かって手を伸ばした。

「剣を貸して下さいますか？」

「何に使う」

そう聞きながらもアシェルは剣を貸してくれた。オリヴィアはそれを使いスカートを引き裂いた。

「お、おい！」

オリヴィアの突然の行動に目を剥《む》いたアシェルは、声を上げてサッと目を逸《そ》らした。

「あ、申し訳ございません。事前に言えばよかったですね」

「……それもそうだが、ドレスを破いてどうする」

「折れた骨の固定に使います。ここにはちょうどいい布がありませんでしたし」

スカートの布なら破って使いやすい大きさにできるだろうし、包帯の代わりになるだろう。

「ほら、できました！　こちらを向いても大丈夫ですよ。はだけたりしていませんから」

女性用のスカートは安易に中身が見えないように幾重にも重なっている。

さらに、乗馬用なので馬上に座っても美しく見えるように、長めに作られていた。

「さぁ、患部を見せてください。右腕と、右脇腹ですね」

失礼しますと小さく頭を下げ、まずはボルドーのコートを脱がせる。

ジレとシャツも傷に障らないように気をつけながら脱がせると、アシェルの鍛え上げられた肉体が見えてきた。

厚い胸板、割れた腹筋、筋肉が盛り上がり血管が浮き出ている二の腕。

アシェルをそういう目で見ていないオリヴィアでも、彼の完璧な美に見蕩れそうになった。

けれども、赤く腫れあがった部分を見て、サッと血の気が引く。

手首から肘の中間あたりが大きく腫れていて、少し曲がっていた。

右脇腹は皮下出血を起こしていて、見るからに痛そうだった。

「まずは脇腹から固定しますね」

着ていた丈が短いジャケットを当てて急拵《きゅうごしら》えの包帯で固定する。

「随分と手慣れているな」

「……そんなことは。知識として知っているだけで、実際にしたのは今回が初めてです」

「知識？　貴族令嬢が怪我の処置を勉強したのか？」

正しくは前世の知識だ。

大学の講義の一貫で応急処置の講習を受けた経験があったので、とにかく骨折は固定だと覚えていた。

「……知識欲、というものも私の中にありまして」

「お前は次から次へと謎めいた姿を見せるものだ」

呆れた声を出されて、笑って誤魔化すしかなかった。

次に右腕の固定をして、最後にアシェルのコートを使って腕を吊《つ》り下《さ》げる。

「どうですか？　少しは痛みがマシになりましたか？」

「あぁ。おかげでな」

「よかったです！」

ようやく役に立てたとホッとした。

上半身裸の上に雨に降られてびしょ濡れだ。身体を冷やさないようにとアシェルの身体に毛布を巻き付け、さらに火を大きくするために平らな薪で扇《あお》ぐ。

「……スカート、悪かったな。弁償する」

「気を遣う必要ないのでしょう？　私も使えるものを使っただけですので、お気遣いなく」

先ほどのアシェルの言葉に救われた。

おかげで気負って焦燥感に駆られるのではなく、冷静に対応することができたのだ。

「それで、もう平気なのか」

「何がです？」

「雷だ。まだ鳴っているが」

アシェルの言葉に扇いでいた手をぴたりと止める。

すると、不思議なことにこれまでまったく耳に入ってこなかった雷の音が鮮明に聞こえてきた。

プルプルと身体が震える。

「…………今、言われて雷のことを思い出しました」

恐怖を煽《あお》る音に泣きそうになりながら、再び手を動かし始めた。

「もっと怖いことが目の前にあったから、雷の怖さなど吹っ飛んでしまったようです」

無我夢中だったというのが正しいだろう。

ただただアシェルを助けなければと、そればかり考えて余計なものが頭に入る余地もなかったのだ。

「それもそうだ。俺が死んだら困ったことになるだろうからな。お前がなんやかんやと言われるかもしれない」

王家の人間が死んでしまったら、一緒にいたオリヴィアに罪はなかったのか追及されることになるだろう。もしかすると殺人を疑われる可能性だってある。

そういう意味で「困ったことになる」とアシェルは言っているのだ。

自嘲の笑みを浮かべる彼を見てムッとする。

扇ぐ手を止めて薪を床に置き、アシェルの目の前にスッと座り込んだ。

「あのですね、アシェル殿下。私は、たとえどんな人間であろうとも目の前で死んでしまったら悲しいしやるせなくなる。だから命を助けるために全力を尽くします。見損なわないでください」

そこまで落ちぶれていないと怒りを孕《はら》んだ声で凄めば、アシェルは無表情でこちらを見返す。

「私は貴賤《きせん》で命の価値を決めません。人は死の前では皆平等ですから」

前世のオリヴィアは事故で死んだ。

青信号だったはずの横断歩道を渡っていたのに、いつの間にか轢《ひ》かれていて、そしてオリヴィアに転生したのだ。

あの事故に貴いも貧しいもない。

私情ではあるものの、死の理不尽さを身をもって知っているオリヴィアには許せない言葉だった。

「それに、殿下だって己の身を省みず私を助けてくださったではないですか。そのときの気持ちと同じだと思っております」

あのときのアシェルの中に、そんな打算はなかったはずだ。

利害で言えば、もしあそこでオリヴィアが死んでいたとしても責められはしても、責任まで追及されないだろう。

彼もきっと分かっているはずだ。

「悪い」

「いいえ」

「お前を疑うつもりはなかった。ただ、つい……」

「失言だった、ということでここは収めましょう。私もついむきになってしまい、申し訳ございません」

これ以上はギスギスしたくないと笑顔を作って見せると、アシェルは片眉を上げて奇妙なものを見るような顔をする。

何て失礼なと思っていると、ふいにくしゃみが出た。

(そういえば私も随分と身体が冷えているわね)

火の前にいたものの、身に着けているものが濡れているために温まる前に体温を奪われてしまっていた。

欲を言えば毛布に包《くる》まりたいし、濡れて重くなったドレスを脱ぎたい。

だが、アシェルを前にどちらの選択肢も取ることはできず、このままでいるしかない。

毛布はひとつしかなく、そのひとつを彼が使っている。

彼もまだ寒いだろうしと考えていると、アシェルが「おい」と声をかけてきた。

「お前も寒いんだろう。こっちにこい」

彼がこっちと示したのは、着ている毛布の中。

アシェルの隣だ。

（毛布の中で密着ドキドキイベントっ）

オリヴィアの恋物語大好き脳が雄叫《おたけ》びを上げる。

けれどもすぐに頭が切り替わり、それを否定した。

アシェルと自分の間でそんなフラグが立つわけがないと。

「いいえ。恋愛に縁がない私でも、男性と密着するのはちょっと……」

「つべこべ言うな。怪我はないかもしれないが、身体は疲れている。しっかりと温存しておかないとあとできついぞ」

「あっ」

強引にオリヴィアを抱き寄せたアシェルは、自分の脚の間に閉じ込めて後ろから覆いかぶさってきた。

ふたりで毛布にすっぽりと包まれて、ありがたいことにぬくもりを得ることができたが、その中にアシェルの肌のぬくもりも含まれている。

それを意識しないわけにはいかなかった。

「……近すぎませんか？」

「離れていたら暖を取れないだろう」

「そうですが……でも、その、私も年頃の娘ですよ？　不可抗力とはいえ、半裸の男性との密着は心臓に悪いと申しますか……」

不慣れな状況に、恥ずかしさで今にも叫び出しそうになる。

「さっきは俺の前で平気でスカートを破ったくせに」

「あ、あれは必死で！　でも、あれとこれとはまた違うでしょう？」

アシェルだってスカートを破いたときは慌てていたくせに、今は平然とした顔をしている。

自分だって先ほどとは態度が違うのに、オリヴィアに平然としていろと言うのは不公平だ。

「お前も俺も、イーノクたちの『期待』には応えられないと言い合っただろう。だから何も問題ない。そんなに気になるなら、何か話して気をまぎらわせろ」

たしかにこのまま妙な沈黙を漂わせていても、ただ気まずいだけだ。

言われた通り何か話していようと話題を探す。

「その後、アシェル殿下から見て、リリアナはどうです？　イーノク殿下の婚約者としてどう見えます？」

そういえば、あれからアシェルのリリアナへの矢印の内容は変わりない。

あの夜会以来、今日初めてふたりが同じ場にいるところに出くわしたが、アシェルが彼女に特段惹かれた様子はなかった。

矢印は灰色で「イーノクの女」とだけ書かれている。

それがどういう意味を持つのか、どんな捉え方もできるので判断が難しい。

「……鬱陶《うっとう》しい」

「え？」

「口を開けばオリヴィアがオリヴィアがとうるさくてかなわない。イーノクも一緒に言ってくるものだからさらにやかましい」

「……それは……大変ですね」

オリヴィアの恋の応援に目覚めたリリアナは、あずかり知らないところでアシェルに売り込みをしていたようだ。

今日のあの様子を見るに、頑張りすぎるくらいだったのかもしれない。

これならアシェルがリリアナに惚れ込む隙もないだろう。

よかったような、申し訳なかったような複雑な心地だ。

「だが、王太子妃候補としては、その頑張りを認めている。イーノクを支える存在として、彼女の心持ち前向きさ、不屈の精神は申し分ないだろう」

「アシェル殿下のお眼鏡にかなったようで嬉しいです」

そして、恋のお相手としては選ばれなかったようでひと安心だ。

今度こそイーノクルート確定で間違いないだろう。

「お前たちふたりは互いのことばかりだな」

「こんなものではないですか？　親友ですし。それにアシェル殿下もそうでしょう？　イーノク殿下のことばかりですし」

「それは俺に課せられた義務だからな。イーノクのことは俺が守ってやらなければならない」

（しまったわ……この話題はまずかったかしら）

アシェルは平然とした顔で口にしているが、これが彼の中で一番の「引っかかり」になっている。

自分に与えられた役割を理解しながらもどこかで疑問を持ち、仕方ないと思いながらも自分の気持ちに蓋をしていた。

アシェルがヤンデレ化してしまうのはそこが肝なわけだが、同時に安易に触れてほしくない部分でもあっただろう。

かと言って謝るのもおかしな話だ。

受け流すのが一番だろうが、それも何故か嫌だと思う自分がいる。

「義務だとしても、ちゃんとイーノク殿下への情はあるでしょう？　あまり突き放すものではありませんよ。ご自分の気持ちを素直に口にしてもバチは当たりません」

慰めるでもなく褒めるでもなく、けれども彼の心に寄り添えるようなことを言いたいのに、それがなかなか難しくいい言葉が見つからない。

これがこの場にふさわしい言葉か分からないけれど、アシェルが人間関係において途端に消極的な言葉を吐くことが悲しかった。

変に気を遣って慰めるより、叱咤激励の方が「らしい」と思えたのだ。

そんなオリヴィアの不安は杞憂《きゆう》で済んだらしい。

アシェルは何も言わず、どこか嬉しそうに「ふっ」と笑っていた。

「日が傾いた。助けは明日にならないと来ないだろうな」

アシェルが窓の外を見て目を細める。

いつの間にか雷は止《や》み、小雨にもなっていたが、アシェルたちの行方を捜している者たちも夜に森の中に入るという判断は下さないだろう。

雷を避けるために平原から去り、安全な場所に避難していることを考えると、捜索は明朝だと考えるのが普通だ。

「なら、一晩はここで過ごさなければなりませんね」

その間にアシェルの体調が悪くならないといいけれど。

できれば早めに医者に診せ、適切な処置をしてもらいたい。

「今のうちに眠っておけ。体力を温存するんだ」

「それはこちらのセリフです。それにアシェル殿下が心配で眠れません」

「お前が心配するほどの怪我ではない。……だが、好きにしろ」

「はい。好きにします。だから、殿下も好きに眠ってください。ね？」

そう言ったものの彼は素直に眠ってくれないだろう。

だから、オリヴィア自ら床に横たわり、楽な姿勢を取った。

「これでは毛布が私にかからなくて寒いです。ですから、殿下も一緒に横たわってくださいませんか？」

そうお願いをすると、アシェルは大人しくオリヴィアの横に転がり、毛布を掛けてくれる。

仰向けになり目を閉じた彼を見て、ホッとしながらオリヴィアもまた目を閉じた。

けれども、身体が昂っているのかなかなか眠ることができない。

隣から寝息が聞こえてきたので、アシェルは眠れたのだろう。

そっと起き上がり、オリヴィアは暖炉の前に座り込む。

火を絶やさないように見張り番もしなければならないし、アシェルの様子も見ておかなければ。

こういうときの夜は長い。

長い時間をどうにか無事に過ごせますようにと祈るしかなかった。

夜の気配が濃くなった頃だろうか。

気を張って起きていたオリヴィアも、いつの間にかうつらうつらとし始めていたときだった。

不意に荒い息遣いが聞こえてきてハッとする。

慌ててアシェルを見ると、彼はこちらに背を向けて蹲《うずくま》っていた。

「アシェル殿下、大丈夫ですか？」

近寄り、顔を覗《のぞ》き込む。

すると彼は顔を顰めて震えていた。

顔色も悪く、明らかに体調が悪くなっている様子だった。

額に手を当てると、焼けるほどに熱い。

急激に熱が上がって、寒気に震えているのだろう。

胸下までかかっていた毛布を首元まで引っ張り、すっぽりと覆うように被《かぶ》せた。

（どうしよう……もっと温かくしなくては）

だが、この状況でさらにアシェルを温めることは難しい。

背中を擦ってみたけれど、何の足しにもなっていないようで、どうにかしなければと焦りが大きくなっていった。

「殿下、失礼いたします！」

こうなったらもうこれしかないと意を決する。

ドレスを脱ぎ、下着姿になると毛布の中に潜り込んでアシェルを抱き締めた。

よくある人肌で温めるというやつだ。

もうできることはこれしかない。

「寒いですよね、辛いですよね。でも、熱が上がり切れば寒気もなくなっていくと思いますから。だから頑張ってください」

魘《うな》された彼にはこの励ましは届いていないだろう。

けれども言わずにはいられない。

「……頑張って、アシェル殿下……頑張って……」

ぎゅっと抱き着き、背中を擦り、励ましの言葉をかけ、一晩中彼を温め続けた。


日の光が瞼《まぶた》にあたり、眩《まぶ》しさで目覚めた。

ゆっくりと目を開けると、目の前にはアシェルの胸板があり、一気に覚醒する。

「アシェル殿下！」

「何だ」

容体は？　と顔を覗き込むと、返事とともにアシェルの紫色の瞳と目が合った。

真夜中に見た苦しそうな顔ではなく、いつもの彼がそこにいて、オリヴィアは安堵《あんど》と喜びで眦《まなじり》に涙を浮かべた。

「……よかった……体調はよくなったようですね」

額に手を当てて熱を測っても、昨夜のような熱さは感じられない。

とりあえず峠は越せたようだ。

「覚えていますか？　昨夜遅くに熱が出たようで震えていたのです。それで、失礼は承知の上で私自身で温めさせていただきまして……ドレスを脱いでいるのは、まだ乾ききっていなかったので、くっついたら寒いかと思い……」

決して不埒《ふらち》な気持ちで裸同然の格好でくっついていたわけではない。これには理由があるのだと懸命に言い募ると、彼はにやりと笑みを浮かべた。

「なるほどな……だからこの状況か……」

そして、オリヴィアの腰に手を回し、ぐっと自分の方へと引き寄せた。

「……え？」

どうしてさらに密着するような真似《まね》を……と戸惑っていると、視界の上の方に赤いものが見えた。

「――それは責任を取らないとな、オリヴィア」

そろりとアシェルの頭上を見ると、相関図が変わっていてぎょっとする。

見たこともない大きさの、真っ赤に染まった矢印がこちらに向いていたのだ。

書かれている文字は――「惚れた」。

「……ええ？」

どうやら自分にも密着ドキドキイベントというのが起こり得たようだ。

第二章

「何故そんなに離れている。それでは俺の世話ができないだろう」

もっとこちらに来いと見つめてくるアシェル。

と、その頭上に燦燦《さんさん》と輝く大きくて真っ赤な矢印に、「大好き」の文字。

あまりにも大きすぎて、三歩離れた位置にいても矢印の切っ先がオリヴィアに刺さりそうになっている。実体はないので刺さりはしないが、それでも憚《はばか》られる。

「……いえ、その、何かあれば呼んでくだされればそちらに行きますので」

「その何かがあるから呼んでいる」

だからこちらに来いと、アシェルは有無を言わさぬ圧を伴いオリヴィアに言ってきた。

仕方がないとおずおずと彼に近寄る。

すかさず左手を伸ばしてきたアシェルはオリヴィアの腕を掴み、横になっているベッドに引き込もうとしてきた。

彼の肩に手を突きそれを阻止する。

「……何か御用ですか、アシェル殿下」

「眠る。だから、添い寝しろ」

ウっと言葉を詰まらせ、そのあと声の代わりに深い溜息を吐いた。

◇◇◇

予想通り朝早くに捜索隊がやってきて救出されたオリヴィアとアシェルだったが、やはり彼は右腕と右の肋骨《ろっこつ》を折ってしまっていた。

医者の手当ても受け、それ以外には大きな怪我もなかったようなので、骨がくっつくまで静養するようにと言われ、アシェルはベッドの上の住人となる。

一方オリヴィアは、イーノクはじめリリアナや捜索に手を貸してくれた人たちに謝罪とお礼をして回り、両親からは心配とお叱りの言葉をもらった。

そして皆一様にアシェルとの仲を気にするような発言をする。

父など、「どんな状況であれ一晩を共にしたのだから、責任を取ってもらうべきでは？」と言ってきたので、冷ややかな視線を送り、「看病しただけですからやめてください」とお断りした。

リリアナもアシェルの怪我の様子を心配しながらも、怪我の原因がオリヴィアを守ったからだと知るや否や、途端に目を輝かせた。

『アシェル殿下は絶対にオリヴィアのことが好きよ！　もう否定はさせないわ！』

これは決定的よと興奮する彼女を宥《なだ》めながらも、以前のように笑って受け流すことができなかった。

（もう否定できないのよね……）

信じがたいことにアシェルはオリヴィアに惚れてしまったらしい。

ゲームの中のリリアナのように優しい言葉をかけたわけでもなく、むしろ優しくしないようにと心掛けていたのに、何故か彼は転げ落ちてきた。

本当、人の心など難解なもので、相関図で知った気になっても実際はオリヴィアの手に余るのだ。

どうしたものかと思い悩む。

しばらくアシェルに会うのを控えたいと思いつつも、さすがに見舞いに行かないわけにはいかない。

彼の体調も気になるし、一度元気な顔を見て安心したい気持ちもあった。

城に戻ってすぐには、治療と静養の邪魔になるので控えた方がいいだろう。

そう思ってアシェルを訪ねたのは、救出されてから三日後のことだった。

「……見舞いに来るのが遅い」

会うや否や、彼は不服そうな声を出す。

「……申し訳ございません。静養中のところを邪魔したくなかったものですから」

「お前がいて邪魔になることはない。むしろすぐに顔を見せなかった方が業腹だ」

どうやらオリヴィアの気遣いは余計なものだったらしい。

もう一度謝罪をし用意された椅子に座る。

ベッドに座り、背もたれに置かれたクッションに身を預けたアシェルは、無言でこちらを見つめてきた。

うんうん、と頷きながらオリヴィアの全身を確認してくるので居心地が悪くなる。

いったい何を確認されているのだろうとドキドキしていると、彼は口元に笑みを浮かべた。

「改めて医者に診てもらっただろうがお前には怪我はなかったようだな」

「あ、はい。特には、手の甲のかすり傷程度でしょうか」

それもほんの少しだ。

もう傷も塞がって瘡蓋《かさぶた》になっている。

「かすり傷？　見せてみろ」

ところが、アシェルはほんの少しであっても怪我を負ったことが気に食わないらしい。

瘡蓋を見るなり、顔を顰めた。

「無傷で守れたかと思ったんだがな」

「そんな！　落馬して瘡蓋ひとつで済んだのは、すべてアシェル殿下のおかげです。本当なら命を落としても不思議じゃありませんでした」

むしろあの状況で無傷でいられる方が無理な話だ。

十分なくらい助けてもらったので、瘡蓋で悔やまないでほしいと言い募る。

「それにしては見舞いが遅いのが気に食わんな。城で目が覚めてもお前が抱き締めてくれているものだと思っていたが」

「そんな治療の邪魔になるようなことできるはずないでしょう」

「目が覚めるまで側にいてくれてもよかったのになぁ」

薄情なと責められて、返す言葉もなかった。

けれども言い訳をするのであれば、婚約者でもない一介の令嬢が、心配だからと王族の寝室に侍《はべ》ることはできない。

いたとしても、侍従に「遠慮してください」と追い出されていただろう。

「俺は寂しかったんだがな」

「も、申し訳ございませんでした!」

それでも罪悪感が募るのは、アシェルが素直に自分の気持ちを口にしているからだろう。

側にいてほしかった、寂しかったとあのアシェルが言っているのだ、こんな珍しいことはない。故に彼が本当にオリヴィアに側にいてほしいと望んでいたのが分かる。

「あのとき、気遣いは無用だって言い合ったはずなのになぁ」

「……そうでしたね」

「どうした?　沈んだ顔をして」

アシェルが意地悪く口の端を持ち上げた。

「……それは……その……寂しい思いをさせてしまい申し訳ないと……」

「ほう……申し訳なく思っているのか」

「……もちろんです。私のせいでそんな大怪我を負わせてしまいましたし」

「責任を感じていると？」

「はい……」

しゅんと肩を落とした。

「安心しろ。その肩の荷を下ろしてやろう」

「……と申しますと？」

「俺の世話をさせてやる」

「……はい？」

今なんと？　と聞き返す。

「そんなに責任を感じて自分を責めているならば、償う機会をくれてやると言っているんだ」

「責任を感じ自分を責めているのは確かですが、自分なりのやり方で償いをしたいのですが」

「ダメだ。俺の世話で償う以外は認めない。もちろん、城に泊まり込みでだ。隣に部屋を用意してある」

「随分と準備がよろしいですこと……」

ひくりと頬が引《ひ》き攣《つ》った。

「俺を寂しくさせたお前が悪い。せいぜい尽くすことだな」

そう勝ち気に言うアシェルの頭上の矢印がまた一回り大きくなって、オリヴィアの頭上を突く。

大好きの他に「一緒にいたい」という文字も追加されていたので、そのいじらしさに嫌だと言えなかった。

オリヴィアとそんなにいたいのかと思ったら、絆《ほだ》される部分があった。

「父に伺ってみませんと」

「先ほど使者を送った。そろそろ返事が来る頃だろう」

「本当、準備がよすぎて驚きですわ」

これはがっちりと外堀を埋められていると見てもいいだろう。

アシェルはオリヴィアを逃がす気がないのだ。

こちらにその気がなくても、世話と称して側に置き、囲い込むつもりだ。

（ヤンデレ監禁コースの兆しが見えるわ……）

邪魔者として殺されることはなくなったが、その代わりに愛するが故に闇落ちしたアシェルに囚《とら》われ、二度と外の世界に出られない仄暗いエンドになってしまうかもしれない。

新たな危機である。

（ここで断ったらいよいよ部屋に閉じ込められる可能性もあるわよね）

獲物は逃げるから追いかけられるのだ。

狩りと同じ。

だが、もしかすると大人しく従順にしていたら、逆にオリヴィアがアシェルを手懐け、ヤンデレ化を阻止できることもあり得る。

「降参です。分かりました。父の許可が出れば、泊まり込みで殿下の世話をいたしましょう」

オリヴィアが白旗を上げると同時に、侍従が父の返事を持ってやってくる。

「ラーゲルレーヴ伯爵からは、『娘に誠心誠意世話をさせてください』とのお返事をいただきました」

侍従のやけに通った声を聞き、オリヴィアは溜息を吐き、アシェルは満足そうな顔をした。

「誠心誠意尽くさせていただきますわ、アシェル殿下」

「誠心誠意尽くしてもらおう、オリヴィア」

こうしてオリヴィアの看病生活が始まったのである。


基本的に、アシェルは右手が使えない状態だ。

骨がくっつくまでは約一か月。その間は極力右腕を動かさないようにしなければならない。

右脇腹も痛めているので、右側は使用不可と考えてもいい。

オリヴィアはそんなアシェルの食事の世話や身の回りの補助、そして添い寝係になっていた。

あの狩猟小屋の夜から、彼は添い寝がお気に入りだ。

ベッドに入っている間は、オリヴィアを自分の側に置きたがる。

食事や身の回りの世話なら分かる。

だが、大の大人のために添い寝をする必要はないと、オリヴィアは彼のベッドの中に入ることを断固拒否していた。

世話をしているとはいえ、婚約もしていない未婚の男女。

不埒な真似はできないと。

「お前は責任を取るためにここにいるんだろう？　俺に誰かと一緒に寝る心地よさを教えた責任を取ってくれ」

ところが、こんなことを言われてしまえば意地を張ってまで断ることはできない。

これまで誰にも甘えることができず、王家の中に自分の価値を「イーノクに尽くす」ことにしか見い出すことが許されなかったアシェルに、甘えることを教えてしまったのはオリヴィアの責だろう。

彼の生い立ちを思えば、無下にはできない。

それに、相変わらず相関図には「側にいてほしい」と書いてある。

泊まり込みで側に仕えているのにも関わらず、彼は常にオリヴィアに側にいてほしいと望んでいるのだ。

もっともっとと欲が止まらない状態なのかもしれない。

（まさか相関図が見えることで、こんなにも翻弄される日がくるなんて……！）

自分に恋の矢印が向けられたことがないので、こんなに大きな感情をぶつけられると戸惑ってしまう。

あたふたして絆されて、結局アシェルの望みを叶えたくなってしまうのだから困ったものだ。

「ほら、お前が来ないと俺も身体を休めることができないぞ」

「……仕方ありませんわね」

休養が必要なのに眠ることなくオリヴィアを待ち続けられても困る。

これは怪我を治すためと自分に言い聞かせながら、アシェルが待つベッドに近寄った。

それでもベッドに腰掛ける勇気が出ずその場に立ち尽くすと、彼は「はぁ……」と溜息を吐いてオリヴィアの手を引く。

アシェルの腕の中に囚われたかと思うと、彼はそのまま上半身をベッドに沈めて眠る体勢に入った。

「お前はごちゃごちゃと考えすぎる」

もっとシンプルに考えればいいのにと言われたが、そんなことはできない。

だって、オリヴィアは知ってしまっている。

「その様子だとお前はもう俺の気持ちを知っているのだろう？」

どきりと胸が跳ね、緊張でぎゅっと手を握り締めた。

そうだ、だから彼の誘いに軽率に応えられないと考えている。

アシェルはオリヴィアが好きだが、オリヴィアはそうではない。

人間として好ましいと思えども、男性としてどうなのかと問われれば「友だちならなれそう」という彼が望まない答えしか出せない状況だ。

アシェルの気持ちを受け止める覚悟もないのに、ほいほいと望みを受け入れるわけにはいかないだろう。

だが、果たしてどこがラインなのか。

どこまで受け入れて、どこからは受け入れてはいけないのか。

その境界線が案外曖昧になってしまっている。

アシェルの気持ちが大きくなればなるほどに、「これなら受け入れてもいいかも」と迷ってしまうのだから。

きっと彼はオリヴィアのその迷いを感じ取っているのだろう。

だからこそ、曖昧な境界線に付け込んで突き崩そうとしているのだ。

「俺に気に入られたのがお前の運の尽きだ、オリヴィア」

アシェルがオリヴィアの耳元で、低い声で囁く。

腰に響く、あの心地よい低音で。

「あのとき言ったはずだぞ、『責任を取る』と。大人しく俺に責任を取られておけ」

「せ、責任とは……」

「もちろん結婚だ」

「ひぁっ」

耳朶《じだ》を甘噛みされて、オリヴィアは声を上げて肩を竦ませた。

結婚という言葉と、アシェルの甘い声と、耳に触れる唇の感触が混乱を深めていく。

「アシェル殿下と私が結婚ですか⁉　私たち互いにありえなかったはずですよね⁉」

「残念だが俺は『あり』になった。いや、お前しかいないと言った方が正しいな」

「う、疑いは⁉　まだ晴れていなかったでしょう？」

「お前に惚れた時点で晴れた。ずっと他の人間と違うと感じていたのは、きっとお前に惹かれていたからだろうな。それが分かったからもう疑う必要はなくなった」

なるほど、そういう意味で違和感を抱いていたのかと納得しながらも、芽はそこからあったのかと驚く。

湧き出た恋心を異質なものとして捉え、オリヴィアにその原因を見出《みいだ》そうとしていたというところだろうか。

「お前は俺を寂しくさせたことと恋をさせた責任を取る。俺はお前にあられもない姿で看病させてしまったことと、お前に恋をしてしまった責任を取る。互いが責任を果たすには……」

「結婚しかないとおっしゃりたいのですか？」

「その通りだ」

よく分かったな、とご褒美を与えるようにつむじやこめかみにキスをしてきた。

「……あの、殿下？　私、一応結婚に関してひとつだけ要望がありまして。それが平穏無事に過ごすということなのです。殿下と結婚したら、絶対にそれが叶わなくなると思うのですが……」

アシェルが夫になれば、オリヴィアは忙しくなるだろう。

王弟の妻として公式行事への参加、他国との交流、社交界での注目度も上がる。

さらに「あのアシェルが選んだ女性」として皆に言動を見張られることになるに違いない。

今では恋愛相談を用いることにより女性たちの味方でいられたが、抜け駆けした敵としてみなされてしまうかも。

ゲームの中でリリアナが受けてきた陰湿いじめのあれやこれやを思い出す。

同じようなものを自分が受けたとき耐えきれるかどうか自信がない。

「なら、ふたりきりになれるところで一緒になるか？　それなら煩わしいことはすべてなくなる」

(それは監禁コースではありませんか⁉)

まずい。

変な方向に話が向かっている。

「いえいえ。そんなそんな。私、王都が大好きですし、いろんな人とお話しするのが大好きですから、ふたりきりとか望んでいませんわ。ええ、まったく」

「俺はむしろその方がいいが」

「殿下、落ち着きましょう。結論を出すのが早すぎます」

恋した途端にヤンデレ化が進むのだろうか。

とにかく、恋に盲目になっているのであれば、オリヴィアが諭してあげなければ。

「まぁ、お前がどう望もうとも俺たちの婚約は免れないだろうな。どんな状況であれ一夜を共にしたんだ、何もなかったとしてもそういう噂に必然的になる」

そうなれば当然オリヴィアの父はアシェルに責任を取ってもらいたいと思うだろうし、王家でも名誉のためにその方向で話を進めていくだろう。

「そして俺はそれを反対しない。逆に積極的に話を進めるように促《うなが》す。必然的にお前が取れる答えは俺との結婚一択になる」

「修道院に行くという手もありますわ」

「そんなつれないことを言うな。修道院に行くよりも絶対に幸せにしてやる」

それこそ早計だろう？　と意趣返しをされて口を噤《つぐ》んだ。

「とりあえず、俺の怪我が治るまではお前は俺の婚約者だ」

「治るまで、ですか？」

何故期間限定なのかと首を傾げると、アシェルが顔を近づけてきた。

まるでキスをするかのように、鼻先が当たる距離まで。

唇を奪われると思ったオリヴィアはぎゅっと目を閉じた。

ところがいつまでも唇に何かが触れる感触がせず、そろりと目を開ける。すると、彼はオリヴィアの顔を熱い視線で見つめていた。

「それまでにお前を俺のものにする。――どんな手を使ってでもな」

宣戦布告。

愛の告白にしては情熱的で挑発的、アシェルの確固たる自信と決意が垣間見《かいまみ》える言葉に、オリヴィアはごくりと息を呑んだ。

「と、言っても、この通り俺はベッドの上の住人で、できることは限られているがな。だからこそ俄《が》然《ぜん》やる気が湧き出るものだ」

――手加減しないぞ。

狩人の目で見られる。

「殿下の強引さに振り回されてばかりです……」

「そう言いつつ、悪い気はしていないだろう？」

「あら、私の気持ちが分かるのですか？」

図星を指され焦りを隠すためについ挑発的に返した。

「お前は俺にも遠慮がない。嫌なら本気で嫌だと言うだろう。俺を諭しているはずだ」

だが、何だかんだ言いながらも受け入れている。

だからアシェルの強引さを嫌ってはいないはずだと。

「それとも俺を拒んでみるか？」

「アシェル殿下……」

「俺がこのままキスをしようとするのを受け入れるも拒むも、お前次第だ。さぁ、どうする？　オリヴィア」

じりじり、じりじりと距離を詰めてくる。

目を細め、答えを早く出せと弄ぶように見つめてくるアシェルの余裕が憎らしい。

憎らしいが、やはり彼が言うように嫌ではないのだ。

男としては見られないと思いながらも、アシェルとキスをするのであればいいかもしれないと思ってしまう自分がいる。

それがどうしてなのか分からないけれど。

(私もアシェル殿下のことを言えないくらいに、自分の気持ちが分からなくなっているのかもしれない)

「……オリヴィア」

唇が触れる寸前、最終確認をするように名前を呼ばれる。

それでもやっぱり拒む気持ちは生まれない。

「お好きにしてください……」

つっけんどんに言うのが精いっぱいで、それ以外の言葉は選べなくて。

満足そうな顔をするアシェルを見ているのが居た堪れなくて目を閉じた。

「……ンっ」

柔らかなものがオリヴィアの唇に触れる。

熱くて、優しく触れるそれ。

アシェルの唇だろう。

一度唇を離し、また触れる。

何度も、何度も。

緊張のあまり引き結んでいたオリヴィアの唇は、それを大人しく受け入れていた。

すると今度は啄む動きに変わっていく。

緊張を緩めろとばかりに、ちゅ、ちゅと吸われて、オリヴィアも観念して薄っすらと唇を開けた。

「オリヴィア」

ところがキスを止め、アシェルは名前を呼んでくる。

どうしたのだろうと閉じていた目を開けると、オリヴィアの下唇を親指で撫でてきた。

「口を開けろ。俺を受け入れやすいように」

「…………」

そんな強請るような真似は恥ずかしくてできない。

ただでさえこうしているのも限界で、顔が真っ赤になってしまっているというのにこれ以上を求めるのかとねめつけた。

「俺のキスを受け入れると決めたのだろう？ なら、俺をとことんまで受け入れろ、オリヴィア」

お前の選択だと言われれば、従わざるを得ないだろう。

大人しく口を小さく開いた。

「上出来」

顔を傾けたアシェルは、オリヴィアの唇の形に合わせて唇を重ねてきた。

吐息すらも漏らさないようにと、ぴったりと隙間なく。

先ほどよりも深くキスをされて、思わず身体をこわばらせる。

そんなオリヴィアを宥《なだ》めるように、彼は背中を擦ってきた。

「……ふぅ……んん」

舌が口内に侵入し、中を確かめるようにいろんな箇所を舐《ねぶ》ってくる。

オリヴィアの舌の上だったり、歯列だったり、上顎だったりと様々なところを舌先で撫でてきた。

ソワソワとした落ち着かない感覚が苛《さいな》む。

何をされてしまうのか分からなくて怯《おび》える気持ちが出てくるものの、アシェルの優しく背中を擦る手が心地よくて緊張も解《ほぐ》れていった。

すると不思議なことに、キスも気持ちよくなっていくのだ。

ソワソワがゾクゾクになり、ジンと痺《しび》れるような疼《うず》きになって下腹部に下りていく。

「……はぁ……あっ……ぅン……ん……」

漏れ出る吐息も多くなり、キスの角度を変えられるたびに甘い声が出てしまう。

体温が上がり、肌の下が粟立つのを感じていた。

「随分といい顔をする。……気持ちいいのか？」

「……あ……わからな……ンうっ」

舌を強く吸われ、ビクビクと腰を震わせた。

「俺もお前に抱き締められたとき、とても心地よかった。おぼろげな意識の中だったがちゃんと覚えている」

「……ン……抱き締め……？」

そっちの方？　と聞き返すと、アシェルはくすりと笑みを浮かべ、唇を舐《な》めてきた。

「あぁ、キスの方が気持ちよかったか？」

「……っ！」

「俺もキスの方が気持ちいい」

揶揄《からか》われたと気付いたときには再びキスの心地よさに呑《の》み込まれる。

腰を抱き寄せられ、身体を密着させられると、服の上からでも擦り合う感覚が気持ちいい。

自分の身体のはずなのに、アシェルの唇、舌、手、そしてぬくもりで支配されているような気分になってきた。

受け入れたのは間違いだったかもしれない。

これではオリヴィアのすべてを呑み込まれてしまいそう。

それでもトロトロに身体も心も蕩《とろ》けていくのを感じながら、オリヴィアはアシェルの胸に縋《すが》り付《つ》いた。

ようやく解放された頃には、足りない空気を求めて喘《あえ》ぐ。

そんなオリヴィアの頬に、アシェルはキスを落とした。

「これから楽しみだな、オリヴィア」

薄く開けた目に、また一回り大きくなった矢印が飛び込んでくる。

（……どこまで大きくなるの）

矢印の大きさは、アシェルのオリヴィアへの愛情がどれほど大きくなるかと同義だ。

初めて相関図なんか見えなければいいのにと思ってしまった。

◇◇◇

「アシェルをこの城から出す」

そう母に話す父を見たのは六歳の頃だ。

庭園で遊んでいたら、不意にふたりの声が聞こえてきたので近づいてみると、神妙な顔をして話している姿を見つけた。

邪魔してはいけない、この場から去らなければと思いながらも、ふたりがどんな話をしているか気になって立ち聞きしてしまった結果、耳に入ってきたのが先ほどの言葉だった。

（……僕、城から追い出されるの？　そんなに父上は僕のことが嫌いだった……？）

幼いアシェルにはあまりにも衝撃的な言葉だった。

もともと父とは疎遠だった。

普段からアシェルに会いに足を運ぶことがあまりなく、顔を合わせても積極的に話しかけてもくれない。

そんな父が、母にアシェルを出すという話をしていたのだ。

「アシェルは私の大切な子であるが、それ以上に後継者であるイーノクの立場を守られなければならない。……今、いや今後もあの子に甘い顔を見せるわけにはいかないのだ」

お前も分かっているだろうと父が母に諭すと、母も俯き小さく頷いた。

反対してくれると思っていた母もまた賛同した。

ふたりとも本当は自分のことが邪魔で仕方がなかったのだ。

嫌われたのだ、要らない子どもだったのだとショックを受けたアシェルは急いでその場から離れた。

何かの間違いかもしれない、アシェルの勘違いかもしれないと一縷《いちる》の望みを持って過ごしていたが、結局数日もしないうちに遠く離れた別荘に移り住むことになる。

アシェルはたった六歳で、親元を離れた生活を送ることになる。

実は父のこの決断にはある理由があった。

アシェルの母はいわゆる後妻だ。

前王妃は、兄……つまりイーノクの父親を産んだときに命を落とし、それからしばらく経《た》って父は母を娶《めと》った。

恋愛結婚だったと聞いている。

田舎の小さな領地を持つ貴族。それが母の実家だった。

長年ふたりの間に子が授からず、母も父も諦めていたところにアシェルが宿る。

ふたりは大喜びだったが、そこに政治的な問題が絡んできてしまったのだ。

ここ数年、母の実家は力をつけ、政治にも発言権を持ち始めた。もちろん、母が王妃になったことにより注目されたのが原因だ。

ところがそれを面白く思わなかったのが、前王妃の実家だ。

いつしか両家はいがみ合い、争うようになった。

父は元から一貫して前王妃の実家の味方になっている。

というのも、イーノクの父親の王太子という立場を守るためだ。ひいてはイーノクの立場も守ろうとしていた。

だが、母の実家はアシェルに力を持たせて拮抗《きっこう》しようと画策している。

つまりアシェルはすでに整理された道に放り投げられた大きな石。

これを元の状態に戻すために、父はアシェルを一旦遠くに追いやり、世間的には後継者としての芽はないと示すことにしたのだ。

そして別荘でアシェルに教育を施す。

イーノクを守る盾となり、支える杖《つえ》となるのだと。

この生き方しか、許されないのだと。

家庭教師を通して父の教えが叩《たた》き込《こ》まれた。

その事情を知ったのは、随分とあとになってからだ。

その頃には母の実家は白旗を上げ、勢力は衰えていたし、イーノクの王太子への道は確かなものになっていた。

ときおり王都に足を運んだりしていたのだが、正式に城に戻ることができたのは十三歳のときだ。

それからは父の教え通りにイーノクに尽くす日々を送っている。

彼が王太子として盤石な地位を得るために、将来王として立派に務めを果たせるように付き従っていた。

だが、イーノクはアシェルにそんな生き方を望んでいないと言う。

「アシェルにはただ、僕の友人として側にいてほしい」

彼の言葉はありがたかったが、残念なことに環境が「ただの友人」であることを許してくれなかった。

両親に距離を取られ、周りに厳しく接されて、アシェルは必然的に誰かに甘えることなく己を常に律し、人のいいイーノクの代わりに他人を疑い、時には排除する役割を担った。

それが、初対面でも疑いの目を向けてくる、警戒心の塊のような人間を作り上げた。

かといって、アシェルはこの生き方に不満があるわけではない。

もともと、明るく活発な性格でもなく、どちらかというと甘え下手で誰かに頼ることをしなかった。

イーノクへの嫉妬もなく、競争心もない。

血筋だけではなく、才覚もあり人気も高い彼が大事にされるのも当然のことだ。冷徹だと恐れられるアシェルよりよっぽど王にふさわしい。

だからあの日も、イーノクから愛する人ができた、婚約者としてリリアナを夜会に連れていくと言われ、さて自分のやるべきことを果たすかと腰を上げたのだ。

できればイーノクの目がないところで探りを入れるかと、ふたりが離れるタイミングを窺っていたのだが、リリアナは友人とみられる女性と抱き合って話していた。

割り込んで彼女を連れ出そうとしたのだが、抱き合っていたはずの女性が立ちはだかった。

「彼女の友人、ラーゲルレーヴ伯爵家のオリヴィアでございます」

オリヴィアの第一印象は邪魔な女、奇妙な女。

決していいものではない。

目当てのリリアナとしゃべらせないようにしているし、そのリリアナ自身から怪しげな話も聞いたのでなおのことだ。

人間観察だけで人の心が分かるなど、あるはずもない。

あったとしても些細《ささい》な情報からいろいろと推測し、そうなるように仕向けていることがほとんどだ。

(詐欺師か何かか?)

そんな女性の助言でリリアナは動き、イーノクと結ばれた。

これは看過できない話だ。

もし、オリヴィアが何か悪いことを考えていて、リリアナを通してイーノクを操ろうとしているのであれば今のうちに排除しておかなければならない。

早速彼女の身辺調査を始めた。

それだけでは不十分だと感じたアシェルは、実際に屋敷に赴いて話をしてみることにした。

だが、話せば話すほどにオリヴィアという人間が分からなくなる。

話してみた印象は、「腹黒いところはなさそうだ」。

かといってイーノクのような馬鹿正直なタイプではなく、警戒心が強い方だ。それは疚《やま》しいことがあるからではなく、自分のテリトリーの中に安易に人を入れさせないようにしているからだろう。

一見、淑女然として親しみやすい。

薄紫の髪の毛も、睫毛の長いまん丸の目も、琥珀色の瞳も、たおやかに弧を描く桃色の唇も、穏やかな雰囲気も人を魅了する要因となっている。

けれども、オリヴィア自身が他人と一線を引いているのだ。

ある程度の近さになると、急激に距離を取ろうとする。

一方で、追いかけられると拒絶するでもなく戸惑いながらも受け入れる。

そんな初心《うぶ》さがあった。

王弟であるアシェルに毅然《きぜん》とした態度を取り、聡明《そうめい》に言葉を返す。

媚《こ》びもせずおもねりもしない。

アシェルの心に少しずつ足跡を残していく、そんな不思議な女性だった。

一緒にいて「悪くない」と思えたし、些細なことで会いに行く口実をつくっていた。

怪しくないと結論を出してしまえば、オリヴィアには会えないと思っていたからだ。何もないのに会いに行くなど、そんな私情を挟んだことはできないと。

そんなに信用ないですか？　と悲しい顔をされれば「そんなことはない」と返したかったが、建前上そうであるとしか答えられない。

何故そこまでオリヴィアにこだわるのか、自分でもよく分からない。

だが、男女の仲にはなり得ないと言い合いながらも、胸の中にもやもやが広がる。

友だちにはなれると言われて、ムッともしていた。

——馬から落ちようとしている彼女に手を伸ばしたのは、無意識の行動だった。

オリヴィアを喪《うしな》ってしまうと思ったら、心臓が凍り付いたように冷たくなり、そうはさせまいと必死になっていた。

それこそ、自分の身など省みず。

無様なことに怪我を負い、オリヴィアに面倒をかけてしまったが、それに文句も言わずに彼女は狩猟小屋まで運んでくれたし応急処置もしてくれた。

それを「王族だから」と自分を卑下した発言をすれば、オリヴィアは本気で怒りもした。

彼女がアシェルを助けたいという気持ちは、アシェルがオリヴィアを助けたときの気持ちと同じと言う。

ならば、彼女もアシェルと話しているとき、こんなにも心が掻《か》き乱《みだ》されるだろうか。

掴みどころがない相手に四苦八苦して、それでも離れられなくて、どうにか捕まえてとことんまで知りたいと欲を持つのか。

ともすればどろどろとしたものが胸の中に渦巻くことだって。

(俺がイーノク以外の人間にこんなに執着してもいいのだろうか……)

このままオリヴィアへ心を傾け続けたら、課せられた役目を果たすことができなくなるのではないか。

足元が揺れる感覚がした。

実際には、その揺れる感覚は熱が出たことにより起きたものかもしれないのだが。

眠っている最中に熱が上がってきたのだろう。朦朧《もうろう》とした意識の中で自分の身体が震えているのが分かった、

……こんなときに限って、嫌な夢を見る。

あれは九歳のときだっただろうか。

別荘を離れ、一時的に王都に戻っていたときがあった。

イーノクとふたりで遊んでいたのだが、彼が階段から足を踏み外して転げ落ちそうになったのだ。それをアシェルが手を伸ばして助けようとしたものの上手くいかず、結局イーノクは怪我をしてしまった。

周りは大騒ぎだ。

すぐに医師を呼び、父も母も兄も兄嫁もイーノクを心配しつきっきりになった。

アシェルはそんな光景を見て、自分も怪我をしたと言い出せなかった。イーノクを守れなかった自分を労わってくれなど言えるはずもなかったのだ。

使用人に手当をお願いしたものの、全身を打ち付けていたようで身体中《からだじゅう》が痛む。痛くて痛くて、涙が滲《にじ》み出《で》てしまうほど。

けれども、痛みに呻《うめ》くアシェルを看病してくれる人はいない。励まし、優しい言葉をかけてくれる家族は側におらず、長い夜をたったひとりで耐え抜いた。

大丈夫かと手を握ってほしかった。

すぐに良くなると頭を撫で、背中を擦ってアシェルの苦しみに付き添ってほしかったと、九歳の子どもは切望する、そんな夢。

ベッドの上にひとり。

痛みに喘ぎ、孤独に咽《むせ》ぶ悪夢。

昔からよく見る嫌な夢だった。

（あぁ、今日もこれに苦しめられるのか）

いつもなら、煩わしい夢だと切って捨てることができたが、このときばかりは熱に浮かされていることもあり難しかった。

それに、今の状況と悪夢があまりにも似通っている。

自分で自分を苦しめているような気がして、意識が朦朧としながらも吐き気がした。

――そんなとき、背中に温かなぬくもりが灯《とも》る。

「寒いですよね、辛いですよね。でも、熱が上がり切れば寒気もなくなっていくと思いますから。だから頑張ってください」

背中だけではなく、小さな身体全部を使ってアシェルを温めてくれていた。

「……頑張って、アシェル殿下……頑張って……」

懸命に訴える声。

切実にアシェルの無事を願う声は、身体だけではなく心にも沁みていく。

九歳のアシェルがほしくてしかたがなかったものを、オリヴィアが絶え間なく惜しみなく与えてくれている。

眦にじわりと涙が浮かんでいた。

（……もう手離せない）

目覚めとともに、自覚した恋心。

眠りながらも、アシェルにぴったりとくっつくオリヴィアのあどけない顔を見て、心の底から思った。

起きたら起きたで慌てながら、アシェルの体調を確認し、回復したと知ると心の底から安堵した顔を見せる。

その姿があまりにも愛らしい。

ドレスも脱いで一晩中温めてくれたのだ、きっちりと責任を取って、生涯に亘ってオリヴィアを幸せにしなければ。

アシェルが初めて自らに課した使命だった。

捜索隊に助け出されて運ばれた瞬間に気を失ってしまったらしい。

目を覚ましたら自室のベッドの上だった。

「オリヴィアはどこだ」

治療をしていた医者に聞くと彼は首を傾げる。

慌てて侍従が側によってきてオリヴィアの行方を教えてくれたが、アシェルの機嫌は一気に下降していった。

命に別状はないと医者から説明されると、アシェルの無事を喜びながらも屋敷に帰っていったと。

「治療の邪魔になるからと遠慮されて……。ですが、オリヴィア様はとてもとてもアシェル殿下のことを心配されていて、容体を聞くまで決して帰ろうとはせず……」

アシェルが纏《まと》う空気が冷たくなったのを感じた侍従は、懸命にオリヴィアのことを擁護していたが、こちらの耳には届いていない。

「隣の部屋の準備をしておけ。これから長い間使うことになる」

「承知いたしました。ですが、誰がお使いになるのです?」

もちろん、昨夜あんなに熱心に看病してくれていたのにもかかわらず、誰かの手に委ねた途端に帰ってしまうつれない女性のためだ。

ずっと側にいてくれるだろうと思っていたのに、目を覚ましたらいなかった。

アシェルの胸に大きな寂しさが襲ってきた。穴が開いてしまったかと思ったくらいだ。

寂しいと感じる心など、九歳のあの事故の夜に捨て去ったはずなのに、オリヴィアが再び植え付けた。

(責任を取ってもらわないとな)

おそらく彼女のことだ、絶対に見舞いにやってくる。

だが、すぐではないだろう。

いろいろと考えて、アシェルの容体が落ち着いた三日後くらいか。

それまでずっと寂しい思いをすることになるが、ここは我慢しよう。

オリヴィアがアシェルに寂しい思いをさせればさせるほどに、彼女に付け込む隙が大きくなるのだから。

互いに責任を取るという形で婚約者になっておけば、とりあえずは手元に置けるだろう。

この状況では誰もオリヴィアとの婚約を反対しない。

イーノクたちに乗せられて鷹狩りに参加していたが、おかげで自分の気持ちにも気付くことができたし、愛《いと》おしい人を手元に置く大義名分も得ることができた。

怪我したかいがあるというものだ。

逃さず側に置いて、捕まえて囲んで腕の中に絡め取る。

オリヴィアは基本的に優しい人間だ。

誰かに頼られれば断ることができないし、甘えられれば受け入れてしまうだろう。

うかうかしていれば、どこぞの男に攫《さら》われてしまう可能性もあるし、ましてや自分の理想の生活を叶えてくれる相手であれば、アシェルから逃げてそいつのもとに走っていってしまうかもしれない。

平穏無事な生活はできなくとも、とことんまで愛し尽くしてアシェルのすべてをもって愛《め》でてやるというのに。

キスをして、誰にも許されていない彼女の奥の奥まで侵入して、ぐずぐずにしてアシェルの下に留め置く。

初めてキスをしたときから、毎日時間をかけてオリヴィアの中に楔《くさび》を打つのだ。

じっくりと、確実に。


「……っ……ぁう……ふぅ……ンん」

「教えただろう？　オリヴィア。縋るのはシーツではなく、俺だと」

指が白くなるほど強くシーツを握り締めた手を解き、アシェルの指で絡め取る。

ほら、こうやって宥めてやるからと手のひらを指の腹で撫でてやり、キスを深めていった。

オリヴィアにはキスのときは自ら口を開けること、舌を絡めたら自分の舌も積極的に絡めていくこと、鼻で息をすることを教えた。

今では上手にそれができている。

アシェルがベッドの中に引きずり込めば彼女は怪我をした箇所を気にしながらも身体を預け、指先で顎をすくえば彼女は薄っすらと口を開ける。

態度は仕方ないといった感じの雰囲気を出しながらも、受け入れてその通りにしてくれる姿がいじらしい。

さらにキスをして口内を弄《いじ》ると、いやいやと首を振りながらも快楽に抗《あらが》えなくて蕩けた顔をする。

目元を真っ赤に染め、眦に涙を浮かべて、ウルウルとした琥珀色の瞳で見上げられると、アシェルの肉欲が滾ってきてしまう。

(やっぱりふたりきりになれるところに攫っていくか)

この顔を見るたびに本気で考えていた。

オリヴィアを独り占めしたい欲が日に日に大きくなっていく。

際限なく、とめどなく、どこまでも貪欲に。

自分の中にこんなにも薄汚いものがあるのかと、新たな感情を紐解《ひもと》くたびに驚く。

だが、悪い気はしない。

むしろ高揚感で頭が煮えたぎる感覚が止まらない。

「……ん……アシェル、殿下……」

アシェルの上にうつ伏せで乗っているオリヴィアは、キスの余韻でぐったりとしている。胸の上にしなだれかかりながら恍惚としているので、ちらりと見える首筋に指を這《は》わせた。

甘い声が聞こえてくる。

先ほども散々聞いたが、いくら聞いても聞き飽きない。

むしろもっと聞きたいと、いたずら心が大きくなっていった。

「……はぁ……あっ……あぅ……」

うなじを撫でつけ、耳の後ろをくすぐる。

皮膚が薄いのでより敏感に感覚を拾ってしまうのだろう。

肩を竦め、熱い吐息を漏らしている。

今日は襟が大きく開いているドレスを着ているせいで、背中の方まで手が侵入できてしまう。

慣らすようにじっくりと撫でながら背中の方に下りていくと、オリヴィアの反応がさらによくなった。

「……そこ……あまり触らないでください……」

「何故？」

身体の一部を撫でられただけで反応をしてしまうのが怖いのだろう。

できることなら乱れた姿を見せたくない。

だからやめてほしいと可愛いことを言ってくれる。

ところが、アシェルは素直にやめてあげるという選択をしない男だ。

「俺はいつものように背中を撫でているだけだぞ」

「……ん……いつも、は……服の上から……だから……」

「だからやめてくれって？　直接触られると気持ちよくなってしまうからか？」

ん？　と意地悪く問いかけると、オリヴィアに睨まれてしまった。

図星を指されて恥ずかしさを隠すためにこんな顔をしてみせる。

彼女は知っているのだろうか。

この顔を見るたびに、アシェルの手で口で、身体すべてでもっと違う表情を引き出したいと舌なめずりしていることを。

オリヴィアのすべてが、今まで抑えていたアシェルの欲を刺激するのだと。

きっとオリヴィアがそれを自覚したころには、丸ごとぺろり食べられて、この腹の中。

一生逃がさない。

「こんなことでたじろがれても困るな、婚約者殿。初夜は背中を直接触るだけでは済まなくなるというのに」

今からこんなことで大丈夫か？　と問えば、彼女は顔を真っ赤にした。

「暫定婚約者ですわ」

「だとしても婚約者であることには変わりない。それに、お前が素直に婚約を受け入れれば、正式なものになる」

どうせアシェルのものになるのだ。

どれだけ抗ってもそれだけは譲れない。

「初めてのときは手加減してやらないぞ、俺は。髪の先から足の先まで触れて、どこを弄ればお前が気持ちよくなれるのかを探る」

「……ンん……ぁう……」

今度はいつものようにドレスの上から背中を撫でつける。

「きっと俺は触れるだけでは物足りなくなるだろう。そうしたら、口や舌でも愛でてやるだろうな。いつもキスでしているように」

唇を奪い、舌を差し込む。

こんなふうに全身を舐られるのだと口の中で実演してみせると、オリヴィアはビクビクと腰を痙攣《けいれん》させていた。

「ここも触ってやるからな」と手のひらで震える腰を擦り、その先にある丸みにも手を伸ばす。

形のいいお尻を触っているとこちらも気持ちよくなってくる。

高揚感が止まらない。

「……あ、アシェル殿下……その……」

「そんな期待した目でこちらを見るな。止まらなくなるだろう」

「き、期待など、そんな……あっ！」

何かを求めるような目で見られたら、すでに危うげだったアシェルの理性が崩れてしまうというものだ。

堪らずスカートの中に手を差し込み、下着に触れる。

脚の間の秘められた場所。

熱くて、柔らかいそこに下着の上から指を這わせた。

「分かるか？　オリヴィア。ここだ。ここをトロトロになるまで可愛がってやるんだ」

こうやって、と秘裂を擦ってやる。

「……あっ……まっ、て……そこ、は……あぁっ……」

「大丈夫だ。中には入れない。……今日は、な」

あくまで慣らしだ。

無垢《むく》な身体を開き、頬を染めて名前を呼ぶこの桃色の唇から淫らな声を出させて、アシェルの欲望を受け入れられるようにして。

奥の奥まで穿《うが》って、アシェルという男を教え込む。

そのための下準備。

「……ひぅ……んぅ……んん……ふ……うぅ……」

蜜が滲み、下着が湿ってくる。布が肌にぴったりとつき、さらに触りやすくなってきた。

筋だけではなく、肉芽も浮き出てきたので、そこもくりくりと指の腹で弄ってやると彼女の背中がビクビクと震える。

「オリヴィア……」

もっともっと、奥まで暴きたい。

（早く俺に堕ちてくれればいいのに……）

そうでなければ、理性をかなぐり捨てて獣になってしまいそうだ。

オリヴィアを手に入れるために、道理をなくした愛に飢えた獣に。

「……あっ……やぁ！　……なんか、きちゃ……う……やだやだ……アシェル、殿下ぁっ」

そんな甘えた声で縋ってくれるなと、キスで彼女を宥める。

布越しに肉芽を爪の先でカリカリと引っ掻き、溢《あふ》れ出る蜜を指先ですくって追い詰めるように指の腹でくちゅくちゅと擦り上げた。

熟れて大きくなる肉芽、熱くなりヒクヒクと震えだす媚肉、ダラダラと零れ出る蜜、紅潮して色香を纏わせる顔、アシェルに許しを求めて可愛く啼《な》く声。

オリヴィアのすべてがアシェルを満たす。

そんな彼女の誰も触れたことがない場所に触れる許可が欲しい。

心も身体も、全部、全部――食らいたい。

「……ンぅ……ンっンん……ぁ……あぁっ！」

達する瞬間、唇を離してオリヴィアの痴態を目で耳で堪能し、余韻に喘ぐ姿を見て堪らずまた口づけをした。

「……俺のもの……俺だけのものだ……」

願いを言葉に乗せて彼女の中に吹き込む。

そうすると、スッと心が満たされるもののどこか飢えているような感覚がアシェルを苛んだ。

◇◇◇

城に住み込みでアシェルの世話をするようになって一ヶ月近く。

随分と腕を動かせるようになった彼は、仕事をするようになっていた。

かといっても、以前のように一日中机の上にいることはまだ難しいので、時間を調整しながら少しずつ通常に戻っていく予定だ。

右脇腹の痛みもやわらぎつつある。

回復は順調のようだった。

おかげで最近ではキスだけではとどまらなくなり、身体のあらゆるところを愛でられるようになった。

服の上からだが、おそらく彼が触っていないところなどないくらいに、髪の先からつま先までアシェルの武骨な手が触れてきた。

秘所にも触れてきて、これから正式に婚約して結婚すればここを可愛がってやるのだと教え込まれる。

そのたびに、「俺のものだ」と囁かれるのだから、オリヴィアも熱く求められて胸がきゅんと高鳴ってしまう。

そんな毎日を過ごしているからか、彼との距離が近くなってきたような気がする。

身体だけではなく、心の距離もより身近に感じるようになった。

こんなふうに普段はオリヴィアをべったりと側に置きたがるアシェルだが、仕事の時間になると打って変わって部屋から閉め出す。

ゆっくり休めと告げられ、自分の部屋に帰されるのだ。

「仕事中にオリヴィア様がいると甘えてしまいそうになるからでしょうね」

侍従がこっそりと教えてくれた。

誰かに甘えることをしないアシェルが、唯一それができる人物が現れたことで箍《たが》が外れてしまうかと思ったが、しっかり場を選んでいるのがあの方らしい。

年嵩《としかさ》の侍従はどこか誇らしそうな、嬉しそうな横顔を見せていた。

アシェルは仕事でもイーノクのサポート役だ。

だが、直接的なサポートではなく、イーノクが進めたいと考えているが手が回らない政策や事業を引き受けて裏で進めている。

将来、イーノクが即位したときに、スムーズに政局を回せるように下準備を進めているのだ。

仕事自体小さなものが多いが、国民の生活に根差したものがほとんどだ。アシェルもやりがいを感じて積極的にやっているのだという。

仕事をしている姿を見てみたいが、アシェルが公私を分けているのであればオリヴィアもそれにならうべきだろう。

公私ともにイーノクの縁の下の力持ちとして動く彼が、私情を挟みたくなるからとオリヴィアを遠ざけるというのは、いじらしくて仕方がない。

そこまでオリヴィアという存在が彼を掻き乱すのかと思うと面映《おもは》ゆかった。

正直、触れられるときに見せる情熱的な顔も、オリヴィアの身体を暴こうと動く意地悪な手や言葉も、嫌ではない。

ドキドキして胸が切なくなって、求められることに悦《よろこ》びを覚えてしまう。

男性に求められたことがないので免疫がないためかとも考えたが、普段からアシェルを意識してしまっている自分がいた。

以前からもそうだったが、アシェルと話していると楽しい。

最近では彼自身のことを話してくれるようになった。

六歳の頃、城を出され別荘に送られたこと。

王家の将来を考えての処置だったが、同時にアシェルはひとりぼっちになってしまったこと。

それでも父の考えに理解を示し、役割に徹する人生を選んだこと。

九歳の頃、それを全うしたものの皆イーノクの心配ばかりで、誰もアシェルに付き添ってくれなかったこと。

それで寂しい夜を過ごし、ときおり夢として見ること。

イーノクだけが見舞いに来てくれたが、複雑な気持ちが拭えずにいたことも話してくれた。

大人になった今は昔のできごとだと昇華できている。

王家の存続のために父が考えたのだから理解しようと。

だが、ようやく呑み込めたときに起きたできごとだったのでさすがに堪えたと。

六歳のときの話は知っていた。

ゲームの中でもアシェルの生い立ちとして彼が語っていたからだ。

けれども九歳のときにもそんなことがあったとは。

彼の孤独はゲームで知るよりも深く、より厄介なものだと知る。

だからこそオリヴィアとのあの一夜は、彼の心に深く刺さるものがあるのかもしれない。

側にいてほしいと相関図でも書かれているのも、それが理由なのだろう。

四六時中くっつきたがるのもそのせいかもしれない。

「孤独は慣れ切ったものだと思っていた。生涯ひとりでも構わない。その方が父の望みにも近づけると思うしな」

もうアシェルの父は亡くなっており、その真意は分からない。

それでも故人の意向に沿おうと考えているあたり、根深い問題なのだろう。

「政争は昔のこと。今はきっと前国王陛下もアシェル殿下には幸せになってほしいと思っておりますよ。もちろんこれは私の想像ですし、願いでもありますが」

こんなことを言うのは身勝手だろう。

相関図が見えるオリヴィアでも、亡くなった人の矢印は見えない。

何を思ってアシェルの父親が亡くなったのかは、誰にも分からないのだから。

「そうだな。俺もそう思いたい」

だからこそ、自分で答えを出していかなければならない。

「むしろそうでなくては困る。今さらやはり孤独に生きろと言われてももう無理だ。俺はお前を知ってしまった」

「私でなくとも、殿下がもっと心を開けば側にいてくれる人はいらっしゃるでしょうに。恋人とか女性とかそういう意味だけではなく、心を許せる友人とか部下とかも」

冷徹だと恐れられている一方で、尊敬の目を向けられることが多いアシェルだ、彼の態度次第で側で支えてくれる人は出てくるはずだ。

何もオリヴィアだけに傾倒する必要はない。

交友関係は広くてもいいのだから。

ところが、アシェルはオリヴィアを自分の腕の中に閉じ込めて、後ろから抱き締める。痛いくらいに強く。

「俺はお前がいればいい。……お前さえいてくれたら、それでいいんだ」

独占欲を剥《む》き出しにした、情熱的な言葉。

胸がときめくのと同時に怖い言葉でもあった。

「もし私がいなくなったら、いったいどうなることやら……」

もしかして廃人になってしまうのではないだろうか。

そう思えてしまうほどに、アシェルの執着は強い。

「なんだ、いなくなるのか?」

「例えばの話です。万が一私が何らかの理由でいなくなって……」

「そうなる前にお前を攫ってしまうかもしれないな」

アシェルはにやりと微笑む。

「幼少期を過ごした別荘の地下に部屋がある。窓もなく、光も届かず、鍵を三つくらい使って辿り着く厳重な出口もひとつしかない牢獄《ろうごく》のような部屋だ。何に使っていたか分からないが、何かを隠すのにはうってつけだろうな」

「なに、か……」

何かとは何なのか。

たとえば人ひとり隠すことだって容易だという暗示か何かだろうか。

あえてその答えを探らずに終わらせてしまおうかと思っていたオリヴィアの耳元で、彼がさらなるヒントを与えてきた。

「ふたりで閉じこもるときは、しっかりとしたベッドを用意しておこう」

「ひぁっ」

耳を食《は》まれ、肩を竦める。

ふたりで閉じこもるときがどんなときなのか、何故しっかりとしたベッドが必要なのか、考えると怖いが、一方でドキドキしている自分がいた。

「冗談だ」

「じょ、冗談ですか？」

真面目に受け取ったのに、冗談だと流されて拍子抜けしてしまった。

てっきりヤンデレの予兆と思ったのに。

「だが、もしふたりで篭《こ》もりたくなったら別荘に行こう。いつでも行けるように用意してある」

いや、もしかすると半分は冗談じゃないのかもしれない。

いつでも監禁の準備はしてあると言われているようで、ひんやりと背筋が冷たくなった。

（……お前がいてくれたらそれでいい、かぁ）

アシェルが仕事に入ったので休憩に入ったオリヴィアは、彼が言ってくれる言葉について考え込む。

いや、どちらかといえば、彼の思いに対して自分はどう思っているのか、その答えを探しているのかもしれない。

あの言葉は素直に嬉しかった。

同時に怖いと思ったのは、アシェルがオリヴィアという存在だけで平静さを保っていると言っているような気がしたからだ。

脆《もろ》くて儚い。たったひとつの支えを失っただけで、脆く崩れてしまう、そんな危うい状態になっているのではないかと。

心のアンバランスさが彼自身の破滅を招くのではと、心配になる部分が増えてきている。

それだけアシェルに情が出てきたということになるのだろう。

（……恋ってどんなものだったかしら）

遠い昔のことでよく思い出せない。

恋をしたのは前世でのこと。

しかも淡いものだった。

遠くから見て満足するような。観察して今日は彼が何をしていたと友だちと話をして楽しむ、それだけでよかった、そんな稚拙な恋だ。

あのときから好きな人とどうこうなりたいと思ったことはなかった。

存在しているだけで幸せとか、眺めているだけでいいのとか、夢見がちなことを言っていた気がする。

そんな恋しかしてこなかったから、「女として見られない」と言われただけで諦めることができたのだ。

でも今回は違う。

遠くから見つめるだけでいいと思っていても、アシェルは近づきオリヴィアの隣に並ぶ。

男性から近づかれるのは初めてなので、慣れないオリヴィアは逃げてしまいそうになるが、彼はあらゆる手で捕まえては側に置こうとするのだ。

見守るだけということが必然的にできなくなる。

直接アシェルと話をして、彼に触れて、知って、愛を教え込まれる。

オリヴィアはそれにどう対応していいか分からないし、果たして自分が困っているのか戸惑っているだけなのかの判別も難しかった。

恋愛相談の達人とまで言われたオリヴィアだが、自分の気持ちが一番分からないなんてどんな皮肉だろう。

どうして自分の頭の上に矢印が浮かばないのか。

オリヴィアの他に相関図が見える人はいないものなのだろうか。

そんなことを考えながらふらふらと城の中を歩く。

考えごとをするときはこうやってあてもなく歩くことが多いのだが、最近は特に彷徨《さまよ》うことが多くなっていた。

（リリアナ、今頃何をやっているかしら……）

彼女も王太子妃教育を受けるために城に滞在しているのだが、勉学にいそしんでいるところを極力邪魔しないようにと会うことを控えている。

けれども、ふいに会いたくなってしまい、気が付けばリリアナがいる場所へと足を向けていた。

会えなくてもいいし、顔を見るだけでもいい。

リリアナの底抜けに明るく前向きな姿を見て、力を分けてもらいたかった。

そんな願いをかなえてくれたのか。ちょうど部屋に帰ってきたところのようで、リリアナと扉の前で出くわし名前を呼ぶ。

「リリアナ！」

「オリヴィア！」

相変わらずの明るい顔にホッとしながら、少し話さないかと誘うと彼女も「ちょうどお話したかったの」と誘いに乗ってくれた。

さっそく彼女の部屋に入り、お茶を出してもらう。

話は必然的にアシェルとの話になり、オリヴィアは正直に自分の気持ちを話した。どうしたらいいのだろうと相談も添えて。

すると、リリアナは楽しいものでも見るような目を、向けてくる。

「……居た堪れなくなるから、そんな顔して私を見ないで」

「ごめんなさい。でも、いつもは相談を聞いてもらう方だったから、ついに私がオリヴィアの力になれると思ったら嬉しくて」

このときをずっと待っていたのだとリリアナは嬉しそうにしていた。

たしかに以前から力になりたいと言ってくれていたが、こんなに喜んでくれるとは。

「それで、自分の気持ちが分からないってことだったわね」

「ええ。……その、こういうことは初めてで……。それでリリアナの目から見て、私たちはどう映っているのかを聞いてみたかったの」

自分のことになるとどうしても客観性を欠いてしまうので、誰かから聞くしかない。

聞くのは怖いけれど、分からないものは誰かに聞くのが正解だろう。

「そうねぇ……アシェル殿下はもうオリヴィアに夢中！　って感じよね。貴女に向ける目が違うもの」

「目？」

「気付いていないの？　人間観察が得意なオリヴィアでも、あまりにも近すぎると見えなくなるものなのかしら」

ふふふ、とリリアナは口に手を当てて微笑んだ。

「凄く目が生き生きしているの。私たちに向ける目は暗く沈んでいて……おそらく視界には入っても目には映っていないって感じね。まさに、オリヴィアしか見えていない状態よ！」

「……そ、そう」

改めてアシェルがどれほどオリヴィアに夢中なのかを他人から聞くと、気恥ずかしくなる。

どういう顔をしていいか分からなくて、もじもじと指をすり合わせた。

「オリヴィアの方は一見普段と変わらない様子だけれど、アシェル殿下を目で追っていることが多いなぁと思ったの」

「そうかしら。そんなに見ていたつもりはないのだけれど……」

「つまり、無意識に目で追ってしまうってことじゃないかしら」

無意識で目で追ってしまう。

よく恋愛が始まる合図として出てくる現象だ。

それを自分がしていると聞いて、一気に顔が赤くなった。

「あと、アシェル殿下と話していると楽しそうよ。心を許している部分が大きいというか、素の顔が見え隠れしているというか」

「あぁ……待って……自分で聞いて申し訳ないのだけれど、恥ずかしくて耳を塞ぎたくて仕方がないわ」

知らないうちに自分がそんな風になっているなんて、想像しただけで顔から火を噴いてしまいそう。

脳の中で処理しきれなくて、リリアナに待ったをかけた。

「でも、そうね。私がイーノク様への気持ちを自覚したのは、他の女性と一緒にいる姿を見て、嫉妬していることに気付いたときかしら。他の男性には抱かない感情だったから」

「……嫉妬」

それは恋のスパイスとも言われるものだ。

たしかに相手にある程度の気持ちがなければ起こりえない感情でもある。

アシェルが自分以外の誰かと仲良くしている姿を見て、落ち込んだり悲しい気持ちになったり、ときには相手の女性に闘争心を燃やしたりするのだろうか。

（……たとえば、リリアナ、とか？）

ちらりと彼女を窺う。

ゲームの中でアシェルはリリアナに心を奪われていた。もし、今のこの状況でも同じことが起きたら、オリヴィアは素直に喜べるだろうか。

昔のようにふたりの恋を見守り、はしゃいだりできるのかと、並んで幸せそうにしているアシェルとリリアナを頭の中で想像してみた。

（……無理だわ……想像しただけで、胸が痛い）

痛くて痛くて、苦しいくらいだ。

なまじゲーム中で見ていただけに、生々しくて辛かった。

「ありがとう、リリアナ。ようやくはっきりとしたわ」

もし、アシェルの強引さで流されているだけだったら、彼の寂しさに同情しているだけなのであれば、泣きそうになどならないだろう。

他に心を預けられる人ができてよかったねと身を引いたはずだ。

恋など似合わない、してもどうせ実らないと諦めていた今までのオリヴィアならそうしていた。

けれども、もうできない。

苦しくても無様でも、自分の惨めさに涙を流しても、それでもアシェルの隣を誰かに譲るくらいならば受け入れる。

アシェルに「側にいろ」と言われ、甘えられて、キスをされて、冷ややかだった目が情熱的なものになる瞬間を間近で見る日々を諦めるなんて、きっともう。

「ねぇ、オリヴィア。貴女はもっと欲張りになってもいいのよ？　ほしいと直感的に思ったものを求めてもいいと思うわ」

いろんな人の恋模様を見てきてしまった分、いざ自分に置き換えると様々なことを考えて臆病になりすぎるきらいがあるのかもしれない。

人の背中は簡単に押すくせに、自分が足を踏み出すことを躊躇っているなんてお笑い草だ。

「そうね」

これまで恋愛相談にのってきた令嬢たちの勇気を見習って、オリヴィアも前に進まなければ。

「また来るわ、リリアナ。今度はいい報告ができるように頑張る」

「楽しみに待っているわね」

リリアナにも背中を押され、オリヴィアは一歩踏み出した。

アシェルの仕事も一段落ついた頃だろう。

そうしたらまた側に居ろと彼はオリヴィアの身体を引き寄せてくるはずだ。だから、そのときに自分の気持ちを伝える。

こういうのは勢いが大事だ。

決断したときの勢いのままに言わないと、またいろいろと考えてタイミングを逃してしまうかもしれない。

(他人に「頑張って」と言った分、私も頑張らなくてはね)

今さらながらにその言葉の重みが身に沁みてきた。

「オリヴィア」

部屋に入ろうと扉を開けたと同時に声をかけられる。

すると、久しぶりに見た父の姿を少し離れたところで見つけて、目を丸くした。

「お父様」

オリヴィアの部屋の前までやってきた父に思わず抱き着く。

予期せぬ再会に喜びを隠せなかった。

「城に用事があってきたんだが、お前の顔も見ていこうと思ってな。元気にしていたか？」

「ええ。変わりなく過ごしているわ」

母も弟たちも元気であること、オリヴィアの方はアシェルに尽くしていることなど、軽く近況報告を済ませる。

あらかた話すと、父の顔が神妙なものになった。

「それで、お前の縁談のことなのだが……」

「縁談？」

何のことだろうと首を傾げる。

「ほら、以前お前が誰でもいいから家の利益になる結婚相手を見つけてきてほしいと私に言っていただろう？　アシェル殿下とは何でもないからと」

そう言われてようやく思い出した。

アシェルが屋敷に通い詰めていた頃、彼との婚約を期待する父にお願いをしていたのだ。彼とはそうなることは絶対ないので、無駄な期待をしないでほしいと言って。

本当にそのときはそう思っていた。

まさかアシェルがオリヴィアに想いを寄せてくれるなど考えもしなかったし、オリヴィアも彼を好きになるなど思っていなかった。

今は紆余曲折を経て暫定婚約者となっているが、それはふたりの間だけの話だ。

アシェルの怪我が治った頃にオリヴィアの気持ちが固まれば、正式に婚約を申し込むという話になっていたので、父はそのことを知らない。

「お父様、その話なのだけれど……」

「やはり、こうなってしまった以上、他の家に縁談を持ちかけるのはまずいと思うのだよ。アシェル殿下の手前なぁ……どうしても私は気が引けてしまって……」

「そうよね、お父様、その通りよね。でも、聞いてほしいの」

「お前と殿下が一晩過ごしたという話は社交界で広まってしまっている。お前はアシェル殿下と結婚するのは嫌かもしれないが、このままでは貰い手が現れる可能性は低い。そうなると、我が家としてもやはりアシェル殿下との婚約の話を進めた方が、お前にとってもいいのではないかと……」

これはあのときから話をしていなかったオリヴィアの落ち度だ。状況が変わっていることを知らない父は真剣に考えてくれていたのだろう。

誤解を解かなければと、オリヴィアは焦る。

「まずは部屋の中に入って座って話しましょう？　こんなところでする話ではないもの」

「――中でふたりきりで話して、他の男との縁談を進めるのか？　オリヴィア」

それは面白い話だな、と低く地を這うような声が聞こえてきた。

ぞくりと背筋が凍り、息が止まる。

父の後ろからスッと姿を現したアシェルは、仄暗い光を灯した目でオリヴィアを見下ろしていた。

「……アシェル殿下」

名前を呼ぶ声が震えている。

血の気が一気に足元まで下りていき、手の先が冷たくなっていた。

冷徹と言われる彼の冷ややかさは知っている。

底冷えするような威圧感と、緊迫感を与えて相手を委縮させてしまうのだ。

けれども、目の前にいるアシェルは真っ黒の炎を纏わせているかのよう。

怒りの業火に身を焦がし、すべてを焼き尽くすかのような目でオリヴィアを睨《にら》み付《つ》けていた。

「迂闊《うかつ》にもほどがある。そんな話をこんなところでするとはな。……だが、聞いてしまったからには見過ごすことはできない」

さらには、頭上の矢印がドクドクと脈打つように大きく膨れ上がり、色は赤に黒が混じったような複雑なものになっていた。

文字は『絶対に逃がさない』とおどろおどろしいものになっている。

「きゃっ！」

アシェルはオリヴィアの手を掴み、自分の肩に担ぎあげた。

視界が反転して足が浮いたことに目を白黒させていると、茫然と佇《たたず》む父と目が合う。

どういうことかと説明しようと思ったが、その前にアシェルが口を開いた。

「ラーゲルレーヴ伯爵。オリヴィアとの婚約を申し出る。拒否は認めない。悩む時間も与えない。

……もう彼女は俺のものだ」

「……は、はい」

父を睨み付け言質を取ったアシェルは、オリヴィアをそのまま自分の部屋に運んだ。

もうひとつ扉を開け寝室へと向かうと、ベッドの上にオリヴィアを下ろす。

すぐさま上に覆いかぶさってきたアシェルの顔を見て怯えたオリヴィアは、背を向けて這うように彼から逃れようとした。

だが、それがいけなかったのだろう。

「どこに行く」

アシェルはオリヴィアの肩を掴んでその場に縫い留め、抵抗を封じるようにうなじに噛《か》み付いていた。

硬い歯が、肌に軽く食い込む。

食われるかどうか、瀬戸際の緊迫感。

アシェルが何をするのか分からない、ここからでは見えない緊張感。

それらがオリヴィアの息を浅くする。

「俺から逃げるつもりか？　俺との婚約からも。あぁ、お前曰《いわ》く暫定婚約者だったな。それならば逃げて他の男のもとに走っても問題ないわけだ」

「……あの話は誤解です、アシェル殿下」

何をどう説明したらいいのか。いや、頭に血が上った状態で説明を聞いてくれるのか。

浅い呼吸でますます頭が回らない。

「お前は俺がどれほど囲っても逃げようとするのだな。……なら、本当に別荘に閉じ込めるしかないのかもしれないなぁ」

「……ぁ……うぅ……」

弄ぶように、何度も歯でうなじを甘噛みされる。

さて、どうしてくれようかと逃げるオリヴィアを仕留め、嬲《なぶ》るように。

「ここに首輪でもつけて俺から離れないようにしてやろうか？　それとも、足枷の方が好みか？　安心しろ、俺も同じ個所《かしょ》に枷《かせ》をつける。もちろんお前の枷と鎖で繋いでだが」

そうしたら、どうあっても離れられないだろうと、耳元に息を吹きかけてきた。

「ちゃんと結婚式はする。皆の前で祝福してもらおうな。それから別荘に行って、ふたりだけで暮らそう。最初は残念ながら地下の部屋だ。お前が俺を愛するようになったら地上に戻ろう」

（完全にヤンデレのスイッチを押してしまった！）

逃げると勘違いしたアシェルは、一気にそっちの方に考えが傾いてしまったのだろう。いや、もともとその予兆はあったが、どうにか抑え込んでいたのかもしれない。

一気に壊れた箍を戻すのは難しい。溢れ出た欲を収めるのも同様。

「その前に、絶対にお前が逃げられないように印をつけてやろう。……ここの奥深くに、俺のものだという証をな」

ここ、とドレスの上から触れられたのは、下腹部。

（つまりここで既成事実をつくろうと……）

そういう意味の証だと分かり、オリヴィアの全身がカッと熱くなった。

「あ、ああああアシェル殿下、まずは話し合いませんか？」

「お前の言い訳など聞きたくない」

「言い訳ではなく……」

「聞かない」

強い声で拒絶を示したアシェルは、オリヴィアのスカートの中に手を入れてくる。

もう言葉はいらないとばかりに、素足を撫でてきた。

「どんな言葉でも、どんな理由でも、もう今さら意味がない。――俺はもう、お前をここで自分のものにすると決めた。お前を逃がさないためならどんな手でも使う」

彼が言う「どんな手」が身体で繋ぎとめることなのであれば、本当なら両想いなので問題なく受け入れていただろう。

けれども今のアシェルは冷静ではない。

かつヤンデレ的な暴走を起こしている。

このまま受け入れてしまったらふたりの関係が歪《いびつ》に変わり、その後も引きずってしまうだろう。

今ここでアシェルの誤解を解いておかなければ。

意を決したオリヴィアは、うなじに噛み付くアシェルを押し退《の》けて強引に振り返った。

抵抗し始めたと思ったのだろう、アシェルの眉間に皺を寄せた顔が見えた。

パチンっ！

オリヴィアは、彼の眼前で両手を叩《たた》き合わせて意表を突いた。

さしものアシェルもそれには驚いたようで、一瞬動きを止める。

「アシェル殿下」

目を瞬かせるアシェルの名前を冷静に呼ぶと、彼も釣られたのだろう。

何か言いたげな顔をしたが、口を閉ざした。

これ幸いと彼の下から抜け出して、目の前に姿勢を正して座る。

「いけません、アシェル殿下。自分の話は聞いてほしいのに私の話は聞かない。それはあまりにも不公平ではないでしょうか。一方的過ぎます」

ヤンデレは一方的な重すぎる愛から始まるものなのは分かる。アシェルもそれほどまでにオリヴィアを愛してくれているというのも。

けれども監禁はごめんだ。

愛があったとしても、好きな人とふたりきりの世界にいられるとしても、オリヴィアの意思を無視した行いは受け入れがたい。

それに、ずっと勘違いされたままでは困る。

オリヴィアがアシェルを愛してしないと思われたままは嫌なのだ。

「私は逃げますよ。アシェル殿下が私の話を聞かないと突っぱねるのであれば、私は全力で逃げます。ですが、聞いてくださるのであれば、私はここにいます。貴方の側にずっといます」

アシェルも身体を起こし、向き合うように真正面に胡坐《あぐら》をかいて座る。

憮然《ぶぜん》とした顔をしているが、何も言わずに腕を組む。

「話を聞いてくださいますか？　それとも私を逃したいですか？」

「……聞こう」

ようやく同意が得られてホッと胸を撫で下ろした。

「先ほどの父との会話からです。おそらく殿下は私が今もなお、他の相手を探していると思われたのでしょう」

「違うのか」

「違います。父に縁談相手を探してほしいとお願いしていたのは、鷹狩りの前です。たしかあの頃は私たち互いに『あり得ない』相手でしたわよね？　その頃のお話です」

あれから怒涛《どとう》の展開があったために父とそのことについて話す機会もなく、訂正もし忘れていたのであんな話になってしまった。

決して今のオリヴィアの希望ではないと話す。

「だから、殿下が怒ることなど何ひとつありません。分かりましたか？」

「……分かった」

先ほどの勢いはどこへやら。

誤解だと分かると、アシェルは素直に頷いた。

「次に、私が逃げると思い監禁しようとしていた件です。逃げる者を閉じ込めておきたいというお気持ちは理解いたしましょう。ですが、私がそれを許容できるかはまた別の話です」

「俺とふたりきりになりたくないのか」

「なりたくないわけではありません。自由意思を奪われるのが嫌なのです」

ふたりきりになるのであれば、強制的にではなく自分の意思でそうなりたい。状況は同じでも、そこに相手の意思が尊重されるかどうかでまったく違ったものになる。

「私を強引に奪い、閉じ込めたらアシェル殿下の気持ちは収まるでしょう。ですがこれは一時的です。おそらく私は不本意な状況に異議を唱え、貴方はまた私を失うと繋ぎとめることに必死になる。私からの愛を感じることができず、永遠に満たされずに求めることになるでしょう」

もし、アシェルが一方的な愛でもいいと思える人ならいいだろう。

けれども彼は元来寂《さみ》しがり屋《や》だ。

オリヴィアの愛を得られない状況は耐えがたいはず。だから監禁が続けば続くほどに満たされないと感じ、歪になっていく。

「その点、今この場で互いの気持ちを確認し合えば問題ないと思いませんか？」

「それはそうだが、俺としてはお前がもう絶対に逃げられない状態にしてから話し合いたい」

「それだと、アシェル殿下が冷静になれますでしょうが、私がそうではなくなります」

一旦は手に入れておいて安心したいという、何というヤンデレ発想。

どこに話し合いを挟むかが重要だと言っているのに、彼にはまったく響いていないようだった。

「私、先ほどアシェル殿下のことが好きだと自覚いたしました。自覚した勢いでこの気持ちを貴方に伝えようと意気込んでいたところだったのですが」

「何？」

アシェルの目が大きく開かれる。

「でも、アシェル殿下は私の意思など聞かず勝手に監禁して己の欲望を満たそうと思われたのでしょう？　あぁ……せっかく惹かれていったこの心が離れていきそうですわね」

「……くっ」

「もしかしたら……嫌いになってしまうかも……」

大きな溜息を吐いてアシェルとちらりと横目で見ると、彼は慌てた様子でオリヴィアを抱き締めてきた。

「ダメだ！　俺を好きになったのだろう？　なら、嫌いになってはダメだ！」

必死に俺を好きなままでいてくれと縋るアシェルの背中に、オリヴィアも手を回す。

「分かりました。ですが、私は監禁は嫌です。ちゃんと話し合いがしたいです」

「……分かった」

「アシェル殿下の怒りは受け止めます。そのうえでふたりでどうしたら解決できるかを話し合いたい。

一方的なのは、嫌です」

もし、これが感情を伴わない関係ならここまで言わない。

当初の計画通り、父が決めた相手ならば話し合いなんて苦労をしようとも思わなかったはずだ。

けれども、好きな人だから、愛する人だから分かち合いたい。

アシェルとはどうでもいい関係にはなりたくないから、自分の気持ちも積極的に伝えたかった。

「アシェル殿下は何かありますか？」

「俺は、お前とずっと一緒にいたい。……離れるのは嫌だ」

「分かりました。お側《そば》にいます」

縋るように強く抱き締めてくるアシェルが愛おしくて、頭をぐしゃぐしゃに撫でてあげたい欲に駆られた。

気位の高いこの人がここまで自分の心を曝《さら》け出して、オリヴィアに本音をぶつけてくれているのだ。

愛おしさが止まらない。

一度自覚した愛情はとどまることを知らないらしい。

「他の男と話さないでくれ、見ないでくれ。近づいてもダメだし、近づかれたら俺がお前を攫ってそいつが触れられない場所に隠しておきたい」

「見るなというのは難しいかもしれませんね。不可抗力で視界に入ってしまうこともあるかもしれませんから。でも、そのときはさりげなく私の視界をアシェル様が塞いでくださいませ」

攫うまでもない。ただそっとそれを回避するだけでいい。

「俺が怪我をしたとき、また看病をしてくれるか？　声をかけて抱き締めてくれるか？」

「怪我をしたとき以外でも、いつでもします。ひとりにはさせません」

「こんな俺に愛想を尽かさないでくれ。お前に言われたところは改善する。だから、お前も俺にこうしてほしいところを言ってくれ」

「もちろんです。ふたりで確かめていきましょうね」

ひとつひとつ、アシェルの心が零《こぼ》れ落《お》ちる。

それを拾っては、これを大事にしていきましょうと差し出すと彼は嬉しそうな、でも泣きそうな顔をするのだ。

「ずっと、ずっとずっと、側にいてくれ。俺の側に。お前がいなくなると考えただけで息ができなくなった。――お前が俺をこんな身体にしたんだ」

「なら、責任を取らないといけませんね」

アシェルは身体を離し、オリヴィアの顔を見つめる。

切ない目で、縋る目で。

「責任ではなく、愛情から側にいたいと思ってほしい。俺を愛しているからと」

ただ側にいるだけではなく、心もやはりほしいのだとアシェルが希《こいねが》う。

オリヴィアはにこりと微笑み、彼の顔を両手で包み込んだ。

「アシェル殿下、私、貴方から肝心な言葉を聞いておりません」

そういうと、彼はしばし考えるような素振りを見せたが、すぐにオリヴィアが欲しい言葉が何かに思い至ったようだった。

すると、彼は自分の顔に触れるオリヴィアの両手を取り、指を絡ませて繋いできた。

「愛している、オリヴィア。……俺にはこんな感情は不釣り合いだと思って生きてきた。でも、お前はそんな俺に、喜びも寂しさもぬくもりも思い出させてくれたんだ」

背中を撫でてくれた手で、叱咤《しった》激励の言葉で、恐れるでもなくないがしろにするでもなく、対等にかけてきたくれた言葉の数々で、孤独な心を救ってきたと彼は言う。

ひとつひとつの感情を思い起こし噛み締めるように。

「俺も……愛されたい。オリヴィアに愛されたい。……愛してくれるか？」

初めて沸き起こった欲。

こんな感情を持ってもいいのだろうかと戸惑いながらも、それを不器用ながらもどうにか受け入れていったのだろう。

そんな純粋な愛に応えたいと思うのは、当然のことだ。

「愛しております、アシェル様。貴方の不器用な優しさに、純粋さに私も心を惹かれていったようです。それに、私も同じです。こんな私でも愛してくれる人がいると知って嬉しかった」

互いに互いによって愛を知った。

アシェルだけではなく、オリヴィアにとっても初めてのことだ。

「お前を怖がっている男たちは馬鹿だ。だが、見る目がないせいで、俺はお前の愛を得られたのだから感謝しなければな」

ようやく笑顔を見せたアシェルは、いつもの調子を取り戻したようだ。

顔を近づけ、こちらを窺う。

「キスもお前の許可が必要か？」

「これまで散々してきましたのに、今さらですわね」

くすりと笑うと、彼は唇を近づけてきた。

触れる寸前に動きを止めて、少し拗《す》ねた顔をする。

「言っただろう。嫌われたくないと。これでもお前の許容範囲を手探りで窺っているんだ」

「結構アシェル様の強引さ、嫌いではないです。監禁は別ですが」

「そういう俺の好きなところはどんどん言ってくれ」

唇が触れ、ちゅ……と小さな音を立てて啄んだ。

いつものようにすぐに深く口づけられるかと思いきや、キスは一度だけで、額同士を合わせてきた。

「凄いな、お前の愛は。キスだけで胸が満たされる」

「アシェル様の愛も大きすぎて、私の胸もいっぱいです」

見なくても分かる。

アシェルのオリヴィアに向けた矢印は、今まで以上に大きくなっているだろう。真っ赤に染まっているのはたしかだが、さて、文字はどうなっているのだろう。

もしもオリヴィアの矢印も見ることができたのであれば、きっとアシェルに負けないほど大きなものになっているはずだ。

（向かい合った両想いの矢印、見てみたかったけれど……）

残念な気持ちでいると、オリヴィアはアシェルによってベッドに押し倒される。

彼を見上げるような体勢になっていて、目をぱちくりと瞬かせた。

さらにアシェルは自分が着ていたジャケットとジレを脱ぎ、首元を緩める。

その姿が色っぽくて、男の色香を感じてしまってしばし見蕩れていたが、ドレスの胸元のリボンを解かれたことでハッと我に返った。

「何をしているのです？」

「もっとお前の愛を感じたいと思ってな」

「胸がいっぱいだったのでは？」

「だから、胸が満たされる感覚をもっともっと味わいたい」

いくら味わってもいいと、アシェルは舌なめずりをした。

うぅ〜と唸《うな》りながら悩んでいると、彼は耳元に唇を寄せて囁く。

「お前の愛を感じたい。……ダメか？」

（低音イケメンボイスのダメ押しは卑怯《ひきょう》よ！）

愛に飢え続けていたアシェルにそんなことを言われてしまったら、断るなんてできない。

「……だ、ダメでは、ない、です」

愛する人の愛を感じたいと願うのは、オリヴィアもまた同じだった。


「ン……あぁ……ぅ……ふぅ……んんっ……」

座るアシェルを跨《また》ぐように膝立ちで向き合い、キスをする。

いつもはアシェル主導だが、今回はオリヴィアが率先して口づけをしていた。

右腕の固定具が取れたとはいえ、無理はさせたくないと言うと、ならば上に乗ってお前からキスをしてくれとお願いをされたのだ。

その代わりに、彼の左手はオリヴィアのドレスを脱がせ、まろび出た胸を揉《も》んでいる。

柔らかさをたしかめるように、弄ぶように。

最初は恥ずかしさだけしか感じなかったが、徐々に指先が柔肉に食い込む感触が気持ちいいと感じるようになっていった。

アシェルの手から少しはみ出すたわわな乳房が、好き勝手に形を変えられていく。

それを見ているだけでそわそわと背中に疼き、声が漏れそうになった。

すると、胸の方に気を取られてキスがおろそかになってしまう。

「ほら、ちゃんとキスしてくれないと、唇が寂しくなる」

「……そんな、こと……あっ……言われても……ひぁっ……ぁ」

そんなことを言うくせに、彼の指は胸の頂をピンピンと弾いた。

さらに大きな疼きが腰を直撃して、つい肩に縋るような姿勢になる。両手を彼の肩に置いて、崩れそうな膝をどうにか保っていた。

懸命にアシェルの口内を舌で舐っていると、焦《じ》れてしまったのか彼の方から舌を絡ませてきた。

大胆に動くそれは、くちゅくちゅと淫靡《いんび》な音を立て、弱いところを執拗《しつよう》に攻めてくる。

さらに、胸を可愛がっていた手も舌に呼応するようにオリヴィアを一気に追い詰めてきた。

弾く動きに加えて、擦ったり摘まんだり、かと思いきや焦らすように乳暈《にゅううん》の周りを指先で撫でてくる。

腰が疼きゆらゆらと揺らすと、また乳首を虐《いじ》めてきた。

「……あ……うぁ……あっあっ……ンぁ！　あぁっ……ひぁ……ンんっ」

緩急をともなった愛撫《あいぶ》に翻弄され、口から出る淫らな声が止まらない。

いつの間にか唇が離されていて、塞ぐものもなくなってしまっていたのでなおさらだ。

さらには、耐えるように眉根を寄せ、目元を真っ赤にしながらはしたない声を出すまいと口を引き結ぶオリヴィアの痴態を、アシェルは嬉しそうに見ていた。

「……やぁ……見ないで……」

それに気づいたときに、咄嗟に両手で自分の顔を隠したが、すぐにアシェルの右手に捕らわれてしまう。

「見ないで、なんて意地の悪いことを言うな」

「意地が悪いのはどちらです。……こんな……みっともない顔……はぁ……ンぁっ」

見ても楽しくないし、見られるのも恥ずかしいと抗議した。

けれどもアシェルは引いてくれず、それどころか胸の頂を口の中に含んでしまう。

これまでオリヴィアの口の中を蹂躙《じゅうりん》し、快楽という未知のものを植え付けたそれが、今度は胸に教え込もうとしていた。

真っ赤な舌が硬くしこった乳首に絡みつく。

ザラザラとした舌の感触が、指よりもさらに細やかな摩擦を生み、刺激を幾重にも与えてくる。

舐るだけではなく、吸い付きもしてくるので攻め方が多様だ。

「……あぁンっ……ぁ……あっ……あぁっ」

見ないでとお願いしても、アシェルの舌が蠢《うごめ》くたびに顔が蕩け、吸い付くたびに肌が敏感になってさらなる快楽を呼んでいる。

アシェルも容赦をしてくれるつもりはないらしく、むしろもっと見せろとばかりにじゅるじゅると強く乳首を吸ってきた。

「はぁ……あっあっ……ひぅンっ」

子宮が疼く。じくじくと切なく。

これまで下着の上から弄られていたそこは、彼の指を求めて啼いている。

(こういうのって、パブロフの犬って言うのかしら)

アシェルの思惑通りに慣らされて、早くいつものように触ってほしいと秘所から涎《よだれ》のように蜜が垂れてきていた。

もう焦らさないで、と言えればどれだけよかったか。

けれども、そこまで素直になれないオリヴィアは、アシェルの肩を爪で小さく引っかいた。

「可愛いおねだりだ。慣らしてきたかいがあったな」

目敏《めざと》い彼は、こちらの意図を読み取ってしまったのだろう。くすりと微笑んでいた。

「……ここ、ようやく直に触れられる」

「……んっ」

スカートを捲《まく》り上《あ》げ、下着をずり下ろされる。

これまで決して破らなかった布の壁を取り攫い、指先をねっとりと秘裂に這わせてきた。

「……ふ……ぅあ……」

上下に擦り、蜜を指に絡ませながら中に潜り込ませる。

他の誰にも許されていない箇所を、アシェルは丁寧に割り開いていった。

「中はこんなに熱かったんだな」

いつもは布が邪魔をして感じることができなかった熱さに感嘆の息を吐き、肉芽に触れる。

「一度達しておくか？」

その問いに思わずオリヴィアは首を横に振った。

達してしまったら、身体の力が抜けて動けなくなってしまう。

いつも気怠さが抜けなくてぐったりとしてしまい、そんなオリヴィアの背中をアシェルが労わるように撫でてくれるのがいつもの流れだ。

けれども今日は、アシェルと本当の意味で繋がるのだ。

だから、ぐったりなどしていられない。

「そうか。だが、我慢できるか？」

ん？　と挑発的に言ってきた彼は肉芽を指先で弾いてきた。

「最近ではここを弄ってやるだけですぐに達してしまうようになったのに」

「……誰のせいだとっ」

「もちろん俺のせいだ」

責められているはずなのに、アシェルはどこか嬉しそうだ。

「素直に達しておけ。先は長いからな」

「……やっ！　あっ……あぁ！」

肉芽を攻めながら、もう片方の指を膣《ちつ》の中に挿《い》入れていく。

オリヴィアの意識がより強い刺激の方に向かうために、自分の中に異物が入り込む違和感をさほど覚えることなく受け入れていた。

それどころか、快楽によがる身体は力が入らないので、ぐんぐんと呑み込んでいってしまう。

隘路《あいろ》を指の腹で撫でつけて柔らかくし、奥へ奥へと進んでいく。

気付けば指一本が自分の中に収まっていた。

同時に限界が近づいていく。

快楽を逃がそうと前のめりになり、額をアシェルの肩に乗せてよがるものの、彼の手管には敵《かな》わない。

「……はぁ……あっ……あぁっ！」

ゾクゾクゾク、と快楽が下腹部から頭に先に向かって一気に駆け抜けていく。

絶頂を迎え、アシェルにギュッとしがみ付いた。

余韻で気怠さが残るなか、彼はオリヴィアの身体をベッドに沈め、中途半端に脱がされていたドレスを完全に取り攫う。

オリヴィアの身体を確かめるように手のひらで首筋から胸、お腹《なか》、太腿《ふともも》、ふくらはぎ、足の先までかけて触ったアシェルは、嬉しそうに目を細めた。

そして、両脚を持ち上げてオリヴィアの脚の間に顔を埋める。

「何を……！」

「まだ解し終えていない。もっと柔らかくしてやらないと」

これで、と舌を出したアシェルは、見せつけるように秘所に挿し入れた。

指とは違う、柔らかな舌が蜜口を舐る。

口の中を犯したときと同様に膣壁を押し広げ、唾液を流し込んで蜜と混ぜるように舌先を細くしてさらに奥へと潜り込ませた。

もう柔らかいはず、こんなに濡れているのだから問題ないはずだと彼を静止したくても、口から漏れ出るのは喘ぎ声だけ。

肉芽もじゅるじゅると卑猥《ひわい》な音を立てて吸われ、ふたたび絶頂のきざしが見えたような気がした。

けれども、今回はそこでイかせるつもりはないらしい。

ビクビクと腰が浮いてきたのを見るや否や、アシェルは指二本を挿入れてきた。

舌は肉芽に、指は膣の中に。

それぞれがそれぞれの場所を攻め、オリヴィアの身体を解していく。

肉芽からもたらされる快楽に呼応したのか、中を弄られても感じるようになってきて、指の動きだけで身体をくねらせて喘ぐようになっていった。

膣壁が蠢き、指をきゅうきゅうと締め付ける。

特に弱いところを指の腹でぐりぐりと強く擦られると、目の前が明滅するほどになった。

「……ふぁ……あっ……わたし、また……また……あっあぁ！」

「あぁ……そうだな、俺の指をこんなに締め付けているんだ、もう限界が近いだろうな」

オリヴィアは首を何度も縦に振る。

こんな立て続けに達してしまったらどうなるか分からないと、アシェルに助けを求めるも彼ははぁ……と熱のこもった息を吐き、興奮して顔を紅潮させていた。

「悪いが、俺も限界だ」

指を引き抜き、自分のトラウザーズのボタンを外すと、中から硬く滾ったものを取り出す。

血管が浮き出て、今にも爆《は》ぜてしまいそうなほどに大きくなったそれ。

長くて太くて、こんなものがオリヴィアの中に本当に収まるのかと怯えてしまうほどに凶悪だった。

腰を持ち上げ、秘裂に屹立《きつりつ》の穂先を押し当てる。

くちゅ……と濡れた音と共に、ぬかるみに熱いものが潜り込んだ。

「オリヴィア、見ていろ。今からお前は俺のものになる」

「……やっ……見せつけないで……」

そう言いながらも目が離せない。

アシェルの目が、絶対に目を逸らすなと訴えている。

ちゃんと自分が誰のものになるのか確かめるんだと、有無を言わせぬ強さで命じてきていた。

「……ぁ……あぁ……ンん……」

ゆっくり、ゆっくりとオリヴィアの身体が開かれていく。

アシェルのものになっていく。

それを目で、身体で実感しながら、オリヴィアは懸命にその大きなものを受け入れようと浅くなりそうな息を深いものに変えていた。

「上手だ。そのまま深呼吸を続けろ」

強引なくせに、言葉は優しい。

「あぁ……お前が痛みに耐えてでも俺を受けて入れてくれていることが嬉しい」

しまいにはこんな喜びに満ちたことを言ってくるのだ。どんな痛みが苛んできても、受け入れたいと思えてしまう。

オリヴィアの中にもそう思えるほどの喜びが生まれているという証拠でもあった。

「オリヴィア……」

最後まで受け入れられたとき、アシェルはかすれた声で名前を呼びキスをしてくれた。

感極まった故のキスなのか、それとも労わりのキスなのか分からないが、彼の唇が破瓜《はか》の痛みを忘れさせてくれる。

恋愛に縁がないと諦めていたオリヴィアに愛をくれたアシェル。

重くて執着じみていて、俺様のところもあるけれど、本当は寂しがり屋で不器用な優しさを持っている。

何かあるとすぐに監禁したがるのが玉に傷だけれども、オリヴィアが真正面から向き合い言葉を返せば、ちゃんと聞いてくれる真面目な人でもある。

「これで、アシェル様も私のものですよね?」

オリヴィアがアシェルのものになったということは、逆を言えばアシェルがオリヴィアのものになったということだ。

これが嬉しくないわけがなかった。

「ああ、そうだ。俺のすべてがお前のものだ。いらないと言われてももう手遅れだぞ。誰かに引き渡すのもなしだ」

「そんなことしません。私だけでひとり占めしますから」

「生涯に亘って、ひとり占めさせてやる」

オリヴィアの方からもキスをして、ふたりで微笑み合った。

「今さらですけれど、怪我に響きませんか? これ以上はもうやめておきますか?」

手を繋がれ、ふとアシェルの傷が心配になる。

今日のところは繋がれただけでもいいのではないだろうか。ここで無理をして治りかけている傷が酷《ひど》くなってしまわないだろうかと不安だった。

「冗談だろう？　ここまできて待てなんて……お前も随分と酷なことを言ってくれる」

「でも、傷が……あっ……あぁ……はぁ……あっ」

やめられるわけないだろうと、アシェルは腰を動かし始めた。

ゆるゆると中の具合をたしかめるように、馴染《なじ》ませるように。

奥から蜜が滲み出てくると、そのぬめりを借りて動きを大きくしていった。

「……はぁン……ンん……あぁぅ……ふぅ……んん」

指で弄っていたときに見つけた弱点を、アシェルは穂先で重点的に攻めてくる。抉《えぐ》るように、執拗に。

おかげで痛みよりも快楽が大きくなり、オリヴィアも悦びの声を上げていた。

じゅぷ……じゅぷ……と濡れる音が聞こえる。

先ほどの比ではないくらいに大きな音が。

アシェルの腰が引かれるたびにぞわぞわと背中に疼きが走り、打ち付けられるたびに強い快楽を叩き込まれた。

何度も何度も、オリヴィアを求めて。

もうとまらないと激しい愛と獣じみた欲をぶつけるように。

先ほど達する寸前まで追い詰められていたせいか、オリヴィアはすぐに高みに上り始める。

「……ふぅ……ンん……んっ……あぁ……」

「お前の中、俺を欲しがるように動いている。……はぁ……きつくて熱くて……気持ちいい……」

気持ちよくされるだけではなく、オリヴィアもまたアシェルを気持ちよくできている。

それが身体をさらに高揚させていった。

膣壁が蠢き、アシェルの屹立をきゅうきゅうと締め付ける。

求めるように、媚びるように。

奥の奥まで彼の愛を打ち付けられて、オリヴィアは悦びに咽び啼く。

「……わたし、も……ぁ……あぁ……っ」

ふたりで気持ちよくなれている。

一緒に果てたいと願い、彼の首に腕を回して抱き着いた。

アシェルもオリヴィアを抱き込み、愛おしそうに頬擦《ほおず》りする。

「……アシェル様……わたし……もう……」

「俺もだ。……出すぞ」

コクコクとオリヴィアが頷くと、激しく揺さぶられた。

「……ひぁっあぁ！　あっあぁっ……ぁ……あぁっ！」

パン！　とより強く腰を打ち付けられると、オリヴィアは快楽を弾けさせる。

四肢が強張《こわば》り、腰が震えて頭の中が真っ白になった。

膣も痙攣し、屹立を強く締め付けたらしい。アシェルもすぐにオリヴィアの中で果て、白濁の液を何度も吐き出す。

愛を刻み付けるように胎の中を穢《けが》し、自分のものだと主張するように最奥に注ぎ込んだ。

ふたりで抱き合いながら余韻に浸る。

その間も、アシェルはずっと頬擦りしていた。

「お前は温かいな。狩猟小屋でもこの温かさに救われたが、今もまた、この温かさに幸せをもらっている」

「そういうアシェル殿下も温かいですよ。温かい人です。……だから、ずっと私にこの温かみを感じさせてくださいね」

愛を感じる。

愛されてこなかったふたりが手に入れた、たしかなもの。

向かい合った矢印が示すそれ。

本当はずっと憧れていたけれど、諦めていたものが、今永遠になる。

アシェルの頭上には、もう大きすぎて全貌が見えない真っ赤な矢印。

よく見れば小さなハートが零れ落ちていた。

（ん？　文字が小さくて見えない……）

目を凝らしてじっくり見てみる。

『愛する人。唯一無二の女性。俺のもの。絶対に幸せにする。逃がしたくないし、絶対に逃がさないから監禁したいけれど、嫌われたくないので我慢する。でもずっとふたりきりでいたい』

それ以上のことも書いていたが、あまりにも長すぎて読み取り切れなかった。

また一段と愛が重くなったようだ。

きっと、オリヴィアも同じように。

暫定婚約者から正式な婚約者になったオリヴィアとアシェルは、時を待たずして婚約期間を終えることになる。

三カ月後には神の前で永遠の愛を誓い、夫婦となった。

第三章

「アシェル様、いい加減ベッドから出ましょう」

「……嫌だ」

「私、今日リリアナとお茶をする約束がありますから、支度をしませんと」

「…………」

「アシェル様？　アシェル様？」

聞いていますか？　と腰に回っている手をぺしぺしと叩くが、彼は一向に動こうとしなかった。

今朝起きてからずっとこの調子だ。

後ろからオリヴィアを抱き締めて、肩口に顔を埋めたままベッドを出たくないと駄々《だだ》をこねている。

まだ一緒にいたい、一緒に寝ていようと言って離してくれないのだ。


アシェルと結婚して二か月。

とうに蜜月と言われる期間も過ぎたが、いまだに熱量は変わりない。

むしろ、以前よりも増したような気がする。

新婚生活は、アシェルが所有していた屋敷で送っている。

別荘とはいかないが、彼の望み通りふたりきりで過ごせる場所だ。

リリアナが滞在する城にも近く、実家も同じ王都内にあるのでオリヴィアとしては最適の新居でもあった。

城とは違い、ふたりきりというのが彼の独占欲を加速させているのか。

オリヴィアがひとりで出かけるのが面白くないらしい。

しかも城となると、イーノクをはじめいろんな男性たちと顔を合わせることになる。自分が側にいないのに、そんなところにオリヴィアを行かせたくないのだと顰めた顔が物語っていた。

アシェルも一緒に行ければ問題なかったのだが、あいにく彼は公務で外出する予定が入っている。

リリアナとの約束も、随分と前から予定していた絶対に外せないものだ。

イーノクとの結婚に向けて日夜忙しくしている彼女が、ようやくつくることができた貴重な時間。

以前、恋愛相談に乗ってもらったお礼もかねてのお茶会になっていた。

彼もそれを分かっているからはっきりと行かないでほしいと口にできず、こうやって甘えるような形で引き留めているのだろう。

いじらしさにきゅんと胸が締め付けられてしまうのだから、オリヴィアも相当絆されている。

けれどもここは心を鬼にしなければと、再度アシェルにお願いをした。

「アシェル様、お願いします」

「……アシェルと呼ぶ約束だっただろう」

そう指摘されて、ウっと言葉を詰まらせた。

実は先日から「アシェル」と呼んでほしいとお願いされていた。

結婚したからには「殿下」と呼ぶには他人行儀すぎるかと思い、「アシェル様」と呼び方を変えていたのだが、夜会である夫婦と話をしてから彼のそのおねだりが始まった。

その夫婦は幼馴染《おさななじ》み同士で結婚したらしく、妻が夫を呼び捨てにしていた。夫も慣れた様子でそれに返事をしている。

アシェルの目には彼らの姿がよほど仲睦《むつ》まじく見えたのだろう。

オリヴィアにも呼び捨てにしてほしいと言ってきたのだ。

『俺もあれがいい。お前にアシェルと呼ばれたい』

それからことあるごとに、期待を込めたキラキラとした目で見つめてくる。

夫とはいえ、彼は王弟だ。

そんな高貴な人を呼び捨てにするなんて畏れ多いとやんわりと断っていたのだが、それでも諦めないのがアシェルという人だ。

根負けし、意識して「アシェル」と呼ぶようにしているが、それでもときおり「アシェル様」と呼んでしまうときがある。

そのつどアシェルに注意されてしまう。

いつか自然に呼べるときが来るのだろうか。

「アシェル。貴方の気持ちは重々理解しております。ちゃんとご忠告通り、男性とふたりきりになりませんし、目も合わせません」

「微笑みかけてもだめだ。お前の笑顔は、びっくりするほど可愛らしいからな」

「可愛いと思うのは、アシェルだけですよ」

そう言ってくれるのも彼だけだ。

オリヴィアは本当にそう思っているのだが、後ろで盛大な溜息を吐かれてしまう。

そして、うなじにかぷりと噛み付いてきたのだ。

「……あっ……なにを……アシェル……ぅン……んっ」

何度もかぶりつき、歯を肌に軽く食い込ませ、その痕に舌を這わせてくる。

首筋にも吸い付いてきて、ぞくりと背中に快楽が走ったのが分かった。

「……アシェル……吸わない、で……あっ……あぅ……」

慣らされたこの身体は、アシェルが触れればすぐに気持ちよくなってしまう。

うなじや首筋は特に皮膚が薄いせいか、他の箇所よりも敏感だ。

そんなところを、好き勝手に舐られて、吸われてしまっている。

抵抗しようにも力が抜けてしまう。

「……あっ……あっ」

官能が高まって、気持ちよくて、このままアシェルの腕の中にいたいという気分になってきた。

ふたりでベッドに篭もり、一日中こうしていたい。

結婚後の蜜月期間はそうしていた。そのときのことを思い出してしまう。

（でも、でもでもでも……リリアナとのお茶会に行かなくちゃ……っ）

先ほどまでアシェルの方が葛藤していたはずなのに、今ではオリヴィアの方に迷いが生まれてきていた。

じゅう……と首筋に強く吸い付くと、アシェルは口を離し腕を解く。

「約束、忘れるなよ」

満足げに笑う彼は、さっきとは打って変わってさっさとベッドから下りてしまった。

着替えをしていると侍女が「あらまぁ」とオリヴィアの首元を見て頬を染める。

鏡で確認すると、首から肩口にかけてびっしりと口づけの痕がついていて目を剥いた。

おかげで首が隠れる服を着ることになり、ドレス選びが大変だった。

それでも顔を傾けると痕が見えてしまうらしく、リリアナとお茶をしているときに指摘されて顔を真っ赤にするはめになる。

そのことについてアシェルに文句を言うと、彼は当然かのような顔をして言う。

「俺がお前の側にいないんだ。代わりに男どもを牽制《けんせい》するものが必要だろう」

どこまで心配性なのかと呆れ、アシェルの独占欲のおかげで今日一日恥ずかしい思いをした、とぽかぽかと彼の胸を叩いた。

結局それもキスをされて封じられてしまったが。

まったく、モテるのはアシェルの方だろうにと、目の前の美しい人を見てつくづく思う。

結婚したとはいえ、彼の愛人に収まりたいと狙っているご婦人も結構いることを知っていた。

アシェルも人を愛する心を持っていると分かったからだろう。

彼に向かう相関図の矢印の中に、「愛人になりたい」と書かれたものがちらほらと見える。

そのたびにアシェルを狙う不埒者を牽制し、回避しているというのに。こちらの方が毎度やきもきしている。

それでもなお変わらないアシェルの愛の大きさに安堵している自分もいた。

だが、オリヴィアを外に出したがらないのは問題だ。

彼のヤンデレ気質《きしつ》を多少は抑えられたと思ったが、それでも燻《くすぶ》るものはあるらしい。

「それでリリアナとイーノク殿下の婚約発表パーティーなのですが……」

オリヴィアが公衆の場に出る話をした途端に嫌な顔をする。

「本当に行かなくてはいけないのか」

「さすがに私たちが欠席するわけにはいかないでしょう?」

「だが、お前に群がる人間が多すぎる」

どうしてもそれが気に食わないらしく、たとえイーノクの大事な場であっても出ていきたがらなくなってしまった。

前回出席した夜会でのことだ。

オリヴィアがアシェルの伴侶になったという報《しら》せは、社交界に激震をもたらしていた。

まず、冷徹で何人もの女性を袖にし、結婚に興味すら見せていなかったアシェルが、他人の恋愛相談は乗るものの、自分の恋愛には無頓着だったはずのオリヴィアと結婚をしたというのだ。

皆、実際に自分の目で見るまでは信じられなかっただろう。

そんな話題のふたりが夜会に現れた。

しかも、あのアシェルが、オリヴィアにベタ惚れなのが見て取れるほどに甘い顔をしている。

狩猟小屋での一件で責任を取るための結婚かと思いきや、ちゃんと相思相愛になった上での結婚だと分かり、騒然となった。

それを見た未婚の令嬢たちは目の色を変える。

アシェルを堕とすほどの恋愛テクニックがオリヴィアにはあるのだ、やはり彼女に相談をすれば間違いないと。

結果、オリヴィアの周りに人が大勢群がることになった。

これだけならば、アシェルも我慢できただろう。

だが、群衆の中に男性の姿もちらほら見え始めた。

恋愛を成就させたいという気持ちは男性も同じだ。

オリヴィアも結婚したので、ちょっとした相談くらいは問題ないと思ったのかもしれない。

ところが、アシェルがそれを許すはずがなく、男性が近づいてきた途端にズイっとオリヴィアを庇うように出てきて、周りの人間を威嚇し始めた。

彼の無言の威嚇は、その空気を肌で感じるだけで震え上がるほどに恐ろしい。

男性だけではなく、女性もサーっと無言で散っていってしまった。

そんなことがあったために、リリアナたちの婚約パーティーに乗り気ではないのだ。

ドレスを選ぶために試着しているのを見て、『お前が可愛すぎて困る』とか『俺だけが見れば十分なのに何で他の者にも見せなければならないんだ』とぶつくさと言っている。

長年、イーノクを守るという使命に縛られていた彼が、イーノクの大事な場に行きたがらないなんて、昔は考えられなかっただろう。

付き合いの長いイーノクもその姿に驚きを隠せないようだったが、一方で嬉しく思っているようだ。

『アシェルが自分の心を預けてもいいと思える人に出会えて、本当によかった。それがリリアナの親友であるならなおのことね』

結婚をしたときに、イーノクに言われた言葉だ。

これから彼をよろしくといった意味も込めた餞《はなむけ》の言葉。

アシェルも小さい頃に課せられた重荷をようやく下ろすことにしたようで、オリヴィアの知らないところでイーノクに告げたそうだ。

『義務ではなく、心から守りたい人ができた。お前はもう、俺が守らなくても大丈夫だろう』

ずっとイーノクが言っても決して守ることをやめなかった彼が、オリヴィアのためにあっさりとやめてしまったことに、安堵しているとイーノクは話してくれた。

実際、相関図もアシェルがイーノクに向ける矢印は「守らなくてはならない人」だったものが、今では「友人」に変わっている。

これはあくまでオリヴィアの想像だが、幼い頃に課せられた「イーノクを守る」という使命が、アシェルの寂しさを埋めていたのではないだろうか。

自分が孤独に耐えているのは使命があるためだと考え、まっとうすることで自分に意義を見出していたのではないかと。

そんな彼の寂しさに触れ、埋めてくれる存在が現れた。

さらに、とうの昔に政争は終わっている。

使命にしがみ付く必要性はなく、イーノクも王太子として皆に認められていた。

オリヴィアがいるだけで生きていけると悟った彼は、手離すことにしたのだろう。

イーノクのためではなく、オリヴィアのために生きていくと心に決めて。

（常々思うけれど、アシェル様、私がいなくなったら本当に死んでしまうのではないかしら）

結婚してからさらにそう感じてしまうので、健康的に長生きしなくてはと心に決める。

前世は不慮の事故で死んでしまったが、今世はアシェルとともに天寿をまっとうしたい。

「今日は兄と一緒に視察に出たんだが、ちょっとしたお願いごとをされた」

夕食もお風呂も済ませ、あとは眠るだけの状態でベッドにふたりで座っていると、アシェルは思い出したかのように話し、顔を顰めていた。

「陛下にですか？　どのような？」

彼がこんな顔をするのは何かしら面倒なことをお願いされたからなのだろう。どんなお願いごとだろうと興味津々に耳を傾けた。

「今度、リッシェルウィドウ国の記念式典があるんだが、それに招かれたので俺たちに出席してくれないかと」

「リッシェルウィドウ⁉」

かの国の名前を聞いて、オリヴィアは思わず立ち上がった。

「どうした？　その国に何かあるのか？」

驚きと喜びの表情を見せるオリヴィアに、アシェルは目を向ける。

「……あ、いえ、……その、行ったことがない国だなぁと思いまして」

咄嗟に誤魔化し、アシェルの不審そうな目から逃れた。

胸がドキドキしているが、何も彼の視線のせいではない。

（リッシェルウィドウってあのリッシェルウィドウよね⁉　シンデレラシンドローム続編の舞台！）

興奮を押し隠すのが大変だった。

もしアシェルがこの場にいなければ、ベッドの上で喜びの声を上げながら転げ回っていただろう。

――シンデレラシンドローム２。

時間軸としては、本編でリリアナが幸せなエンディングを迎えた一年後のお話だ。

ただし、舞台となる国も主人公も違う。

続編は前作の世界観とシステムを継承した、まったく別物のお話になっていた。

主人公はアメリア。

もともと侯爵令嬢だったが、当主である父と次期当主になるはずだった兄が同時に事故死したことで、人生が一変することからゲームが始まる。

アメリアの家には兄以外の男子がいなかったため、空席になった侯爵位は顔も知らない遠い親戚に譲られることになった。

同時に財産である屋敷も領地も同様、遠縁のものになり、アメリアは身ひとつで追い出されることになる。

路頭に迷い、絶望の縁に立っていたときにある紳士が手をさしのべてくれた。

『一年間だけ君を援助しよう。その間に伴侶を見つけてきなさい』

そう紳士に言われたアメリアは社交界に舞い戻り、素敵な男性を見つけようと奮闘する乙女ゲームだった。

アメリアはリリアナとは違って、少し計算高い部分もありつつ、ハングリー精神と前向きな姿勢は同じだ。

一年という期限に焦燥感を覚えながらも攻略対象者たちと恋に落ちていく姿に、前世のオリヴィアも手を握り締めながら応援したものだった。

(アメリアに会えるかもしれない)

今、ゲーム内でいうどの時点なのかは分からないが、タイミングが合えばアメリアの恋模様を観察できるかもしれない。

そう思うと、俄然やる気が出てくる。

「リッシェルウィドウの式典はいつあるのです?」

「二カ月後だと聞いている」

「そうなのですね。なら、それまでにいろいろと準備をしなければいけませんね」

恋の予感に高揚感を覚えたのは久しぶりかもしれない。

リリアナとイーノクの恋のはじまりを悟ったときも、同じように舞い上がったものだ。いや、今以上だっただろうか。

この世界のアメリアは誰を選ぶのか。

妄想するだけで顔のにやけが止まらない。

「オリヴィアが俺以外の人間のことを考えている気がする」

そんなオリヴィアをアシェルは胡乱《うろん》な目で見つめていた。

「やはりリッシェルウィドウに行くのは断るか……」

「そんな！　陛下のお願いですもの、断るわけにはいきませんわ！　ね？　アシェル」

「………」

「アシェル⁉」

何かを感じ取ったアシェルは乗り気ではないようだったが、どうにかこうにか説得をし、リッシェルウィドウに行くことが決定した。


リッシェルウィドウは花と果実の国と言われている。

一年通して気温が穏やかなので花や果物が育ちやすく、一大産業として栄えているがゆえにそう呼ばれるようになった。

城下町を馬車で進むと、露店には色鮮やかな花と果物が並ぶ。

露天商の呼び込みの声や、人々の話し声、馬車が行き交う音が聞こえてきて、さらにオリヴィアの心を沸き立たせてくれた。

（あぁ～……これよこれこれ！　よくゲームの背景として描かれていた場所よ）

初めて見るのに見慣れた場所。

こんな不思議な感覚は前世の記憶を取り戻したときに味わったが、何度あっても感動してしまう。

これから向かう城ではもっと楽しいことが待っているだろう。

攻略対象のひとりである国王陛下はいるとして、他に何人の攻略対象者に会えるだろう。アメリアにはいつ会えるのだろうか。

(もしかしてもう誰かと恋に落ちていたりして)

そう期待していたオリヴィアの目に、とんでもない光景が飛び込んでくることになる。

「ようこそいらっしゃいました、アシェル殿下、オリヴィア妃」

「このたびは建国百周年のお祝いの場にお招きいただき、ありがとうございます」

リッシェルウィドウ国王の御前で恭しく挨拶をするアシェルとオリヴィアだったが、内心驚き戸惑っていた。

(とんでもないことになっている……)

国王の隣にアメリアがいたのだ。

彼女がこの場にいるということは、王に近しい者と認められてのこと。つまり、アメリアは攻略対象のひとりである国王と恋に落ちたのだろう。

「こちらは私の婚約者であるアメリアだ」

その証拠に、こんな感じでオリヴィアたちに紹介してきたのだから間違いない。

これだけならば、何も驚きはしない。

国王と恋をしたのね、その様子を見てみたかったと惜しむくらいなものだろう。

ところが、相関図を見るとどうやらそんな単純なものではないらしい。

この場には、国王とアメリアの他に宰相と騎士団長、国王の従兄《いとこ》である公爵がいるのだが、彼らからアメリアに向かっている矢印が、真っ赤の中に黒が混じった複雑な色をしていた。

さらにはすべてに「秘密の恋人」と書かれている。

（……つまり、表向きは国王の婚約者で、他三人の攻略対象とも恋人になっているということ？　逆ハーレムルートなの？）

そう推測せざるを得なかった。

たしかにシンデレラシンドローム２には、前作にはなかった逆ハーレムルートが存在する。

アメリアがすべての攻略対象と恋人になるエンドではあるのだが、その場合、秘密の恋人ではなく公にしている。

最後のスチルは攻略対象者たちに囲まれ、皆に交際をお披露目《ひろめ》している場面だったのを覚えているので間違いない。

それに、攻略対象者たちの相関図を見るに、国王は全員に全幅の信頼を置いている状況だ。

秘密というのは、もしかして婚約者という立場にある国王に対してのものなのかもしれない。

「どうした、オリヴィア」

唖然《あぜん》としたオリヴィアに気付いたアシェルが、そっと耳打ちしてくる。

ハッとして何でもないと小さく首を横に振ったが、彼は目に不審な色を宿したままだった。

「初めまして、アシェル殿下。アメリアと申します。どうぞお見知りおきを」

ふと近くで声をするのでそちらを見ると、アメリアがいつの間にか近くに寄って来ていて、アシェルに挨拶をしていた。

「よろしくお願いいたします」

アシェルは彼女に対し、失礼のない程度に素っ気ない言葉を返していた。

目は冷ややかで、たとえ続編の主人公であっても彼の態度が変わらないことに内心ホッとする。

「リッシェルウィドウに来られるのは初めてですか？　私でよければ、滞在中にご案内いたします。よろしいですわよね？」

「あぁ、そうしてあげなさい」

「ふふ。陛下のお許しもでたことですし、いつ案内するかあとでゆっくりお話ししましょうね」

アメリアが勝手に話を続けていくが、彼女はアシェルの隣にいるオリヴィアには一切目をくれない。

まるで見えていないかのよう。

城下町巡りは、アメリアとアシェルだけで行くものかのように話をしていた。

（あぁ……他の人たちの嫉妬の視線がアシェルに集まっていく）

周りを見れば、攻略対象者たちのアシェルに向かう矢印が嫉妬の色を示している。

周りは恋人ばかりなのに、アメリアはアシェルへの好意を隠そうともしない。

どういうつもりなのだろうかと彼女の頭上を見ると、アシェルに向けた矢印が真っ赤に染まっていた。

（最推し……？）

そう書かれていて眉を顰める。

ふたりは初めて会ったはずなのに、どうしてアメリアがアシェルを「推し」と認定しているのか。

一目惚《ひとめぼ》れだろうか。それとも……。

「悪いが、案内は必要ない。妻とふたりきりで回る予定だ。案内人も手配済みだし、行き先も決まっている」

考え込んでいると、アシェルにグイっと肩を寄せられる。

アメリアの誘いを強めの口調で断っているところだった。妻という部分を強調してオリヴィアとの仲を見せつけるように肩を抱く。

案内人など手配はしていないし、どこを見るかちゃんと話し合っていないので体のいい断り文句なのだろう。

本音はオリヴィアとの時間を邪魔されたくないからといったところだろうか。

「まぁ、アシェル殿下は愛妻家なのですね」

にこにこと微笑みながら、ようやくアメリアはオリヴィアを見てきた。

『なんで生きているの？』

向けられた矢印にはそう書かれてあり、そこでピンとくる。

（もしかして、私と同じ転生者？）

そうであれば、つじつまが合う。

オリヴィアが死ぬ運命だったことを知っているということ、秘密の恋人をたくさん持ちながらもこの状況を上手い具合にコントロールできていること。

そして、アシェルをもとから知っていたかのような素振り。

もし、オリヴィアと同じ転生者でかつ前世の記憶を持っているのであれば、すべて説明がついた。

ということは、彼女が前世でゲームをしたときの推しがアシェルだったのだろうか。だから、あんなに食い付いていたのではと気付き、オリヴィアは焦りを覚える。

「せっかくのお誘いでしたのに、申し訳ございません。私たち結婚したばかりで、ふたりでこの国を見たいと思っておりまして」

アシェルは貴女とは一緒に行かないと念を押した。

アメリアが、アシェルを「秘密の恋人」の仲間に入れたいと企んでいるのであれば、阻止しなければならない。

彼がどんな過去を抱え、どんなことを言えば攻略できるか彼女はゲームの知識から知っているはず。

（アシェルの気持ちが傾くとは思えないけれど……でも、やっぱりアメリアに近づかせるのは怖い）

今のうちに牽制しておこうとわざとラブラブな姿を見せた。

アメリアの右眉がピクリと跳ね上がり、一瞬面白くなさそうな顔をしたが、すぐに元の顔に戻る。

「新婚ですか。一番甘い時間を過ごすときですわね。なら、お邪魔できませんね。ですが……」

ちらりとこちらを見た彼女は、オリヴィアの手を握ってきた。

「オリヴィア様と仲良くするのは問題ありませんわよね？　女性同士、いろいろとお話したいです。アシェル様との馴れ初《なそ》めとか、結婚生活がどんなものか、とか。私も陛下と結婚するときに参考にできますし」

ぎりりと握り締める手に力が込められ、オリヴィアは痛みに歪みそうになった顔を取り繕った。

仲良くなりたいと言いながらも敵意を感じる。

さて、この挑戦状を受け取るべきか無視するべきか。

悩んだが、周りに人がいる以上アメリアの言葉を無下にするのはよくないと考え、受け入れることにした。

「ぜひよろしくお願いいたします。楽しみにしておりますわ、アメリア様」

まさかの展開に動揺しつつも、国王との謁見を終えたオリヴィアたちは用意された部屋で休むことにした。

どっと疲れが押し寄せてきて、思わずベッドに寝そべる。

（アメリアが転生者で逆ハールート攻略中の上に、さらにアシェルを狙うなんて……。悪女か何かなの？）

もう少し節操というものを持ってもいいのではないだろうか。

逆ハーレムルートで攻略対象者たちを侍らすのはいいとして、アシェルをその中に入れようとしているのは看過できない。

この国を出るまで、アシェルを守らなければ。

「あの女と『仲良く』するつもりか？」

寝そべるオリヴィアの隣に腰を下ろしたアシェルが、本気かと目で問いながら聞いてきた。

「そうですね。あまり波風立てない方がいいかと思いますし。アシェルは私がアメリア様と仲良くするのは嫌なのですか？」

すると彼は鼻白んだ顔をする。

「……あの女、どこか嫌な感じがする。媚びた感じの目で俺を見るのが不快だ。お前にも近づいてほしくない」

どこか腹に抱えるものがありそうな感じが嫌だとアシェルは言う。

彼なりに感じるものがあるようだ。

オリヴィアのときと同じように引っ掛かりを覚えたのだろう。

「お話しするだけでしたら、問題ないと思います。それに私としても、アメリア様とアシェルが仲良くされる方が嫌ですから」

アメリアが国王の婚約者なのであれば、外交上のことを考えれば無視はできない。

ならば、アシェルよりも自分が「仲良く」しておいた方が心の平穏が保てるというものだ。

それにしても、せっかくアメリアの恋模様を楽しみにしていたが、これは楽しむどころの話ではなさそうだ。

できる限りオリヴィアが盾になってアシェルを守らなければ。

「もしかして、それは嫉妬か？」

意気込んでいると、アシェルが顔を覗き込んでくる。

ニマニマと嬉しそうにしている姿を見て、言葉を詰まらせた。

「嫉妬は面倒くさいですか？」

もしかして彼はこういうのは嫌な性質だったのだろうか。

恋人同士でも、いちいち目くじらを立てられるのは面倒だ、好きにさせてくれと思う人もいる。そこは千差万別で考え方はそれぞれだ。

アシェルは自分は嫉妬するが嫉妬されるのは嫌だと思う人だったらどうしようと、オリヴィアは緊張を走らせた。

「お前の嫉妬を面倒くさいと思うわけがないだろう。むしろ、嫉妬してくれるんだと嬉しく思っているところだ。オリヴィアはそういう姿をあまり見せないからな」

つむじにキスをされる。

「もっと見せてくれてもいい、そういう姿を」

見せろと言われても、なかなか難しいものだ。

特にオリヴィアは自分の感情を内に溜《た》める方なので、溢《あふ》れそうになるとグッと堪えてしまう。

好きな人の前では、こんな姿を見せて幻滅されたら……と考えると、無意識に制御してしまうのはもうくせになってしまっている。

自分の恋愛はこんなにも難しい。

見ているだけの恋愛がいかに楽だったか、最近はとみに感じて骨身に滲《し》みるほどだ。

けれども、アシェルとの愛を絶対に投げ出したくない。

そのためには悩み続けるほかないのだろう。

乙女ゲームのように、正しい選択肢を選ぶだけですべてが上手くいくわけではないのだ。

オリヴィアたちが生きるのは、現実の世界なのだから。


「――オリヴィア様、陛下たちもお忙しいようですし、暇を持て余した者同士、お話しいたしません？」

二日後、ニコニコと人のよさそうな笑みを浮かべてアメリアが部屋にやってきた。

宣言通りに「仲良く」しにやってきたのだと言わんばかりに。

口端《くちは》は上がって愛らしい顔で微笑みかけてくれているものの、その目には剣呑《けんのん》な光が宿っている。

それを見たオリヴィアは、「ええ、ぜひ」と素直に頷けるはずもなく、その場でたじろぐ。

アシェルは今、国王と会談中だ。もうしばらくは帰ってこない。

ということは、ひとりで彼女と対峙しなければならないのだが、さてどうしたものかと悩んでいると、アメリアはさらに追い打ちをかけてきた。

「仲良くしてくださるとお約束しましたわよね？　まさか、陛下の前でした約束を反故《ほご》にするおつもりではないでしょう？」

（ずるい言い方。もう戦う気満々ですわね）

断れないように逃げ道を塞がれてしまい、了承するほかなくなってしまった。

ならばこちらも受けて立つとばかりに笑みを浮かべた。

「では、私の部屋でお話しいたしませんか？　先ほどちょうどお茶をお願いしたところなのです。もう少しでお菓子も用意されますので、ぜひ」

せめて、自分のテリトリーの中で話ができるようにと扉を大きく開けて、さぁ中にどうぞと招く。

アメリアは「ありがとうございます」と迷うことなく部屋の中に入ってきた。

「貴女たち、お茶の用意ができたらオリヴィア様とふたりきりにしてもらえないかしら。誰にも聞かれたくない相談があるの」

ところが、椅子に座るや否や、アメリアは侍女たちに出ていくように命令する。

引き留めたいところだが、世話をしてくれる侍女はひとりを除いて皆リッシェルウィドウ国の者だ。

国王の婚約者であるアメリアの言葉に逆らうことはできない。

皆、お茶の用意を終えたら丁寧にお辞儀をしたあとに部屋を出ていき、オリヴィアが自国から連れてきた侍女はどうすべきかと目で窺っていたが、結局彼女にも出て行ってもらうことにした。

「これでふたりきりでゆっくりお話しできますわね」

含みを持たせたアメリアの笑みが、不気味に見えてごくりと息を呑んだ。

「そんなに私に興味を持っていただけて嬉しいですわ、アメリア様」

あくまで今回の誘いは好意的に受け取ったと見られるように言葉を返す。

こちらが警戒していると悟られたくない。

「ええ、私とても興味あります。特にあのアシェル殿下との馴れ初めなんて、ぜひ聞いてみたいですわ」

「『あの』なんて、随分と知っている感じでお話ししますのね。アシェルはこの国でも有名なのかしら」

「個人的に興味があるだけです。アシェル殿下って、簡単に人に心を開くタイプではありませんでしょう？　あぁ、もちろんこれは私の推測ですけれども。ですが合っているのではありません？」

「そうですね。正直、初対面の方には親しみやすいほうではないと思います」

腹の探り合いをしながら、相手の出方を窺っている。

空気がひりつき、冷や汗が出てきそうだった。

この間は「なんで生きているの？」だった矢印が、「私のアシェルを奪った女」に変わっているからなおさらだ。

敵意を持ってここにきたのは明らかだ。

「でも、オリヴィア様のどこかに惹かれたということですわよね？　いったいどこに惹かれたのでしょうか」

「それはアシェルにしか分からないところかもしれませんね」

「まぁ、惚気《のろけ》ですわね」

ホホホとふたりでうすら寒い笑いを浮かべる。

このまま質問攻めされるのは性に合わないと、オリヴィアはこちらからも打って出た。

「私もアメリア様と陛下の馴れ初めをお聞きしたいですわ。おふたりはどんな風に恋に落ちたのです？」

逆に馴れ初めを聞いて、彼女がどんな人なのか探ってみようかと思ったのだ。

他の秘密の恋人たちの話なども聞きたいところだが、そこはおいおい探っていくことにしよう。

ところが、アメリアが話すのは乙女ゲームの国王ルートの流れそのままだった。

父と兄が亡くなって天涯孤独になり、ある人が助けてくれたことからはじまり、夜会に繰り出して、ひとりで喧騒《けんそう》から逃れて夜風に当たっていた国王を癒やすために歌を歌ってあげたこと。

そこから急接近したものの、父の爵位を継いだ遠縁が邪魔をしてきて、それを国王が助けてくれたことなど、オリヴィアが知っていることばかりだ。

そんな中でも、他の男性を射止めている手腕は大したものだと感心してしまう。

けれども話を聞いていると、ひとつだけゲームのシナリオとは違う箇所がある。

苦境に立たされたアメリアを救い、一年間だけ援助すると申し出た男性の出番が異様に少ないのだ。

彼は前作で言うと、アシェルのような立ち回りだった。

アメリアの恋路に保護者顔して最後に立ちはだかる役で、裏ルートでは本当はずっとアメリアに恋をしていたことが判明する。

最後には自分のものにしようと薬でアメリアの記憶を消し、ふたりでどこかに消えていく、そんなエンディングも存在していた。

だからこそ、彼の話は必要不可欠だと思うのだが、最初に助けたところに出てきただけで途中からはまったく名前が出てこなくなった。

「そのアメリア様を救ってくださった男性も、陛下との婚約を喜んでいらっしゃるのでしょうね」

「そうですね。彼は私の幸せが一番大事だといつも言っておりました。私に援助だけをして自分の領地に戻っているので、最近は顔を合わせていないのですけれど」

「あのザッカリーが？」

しつこいくらいにアメリアの恋路の邪魔をしてきた彼が？　と驚き声を上げる。

「あら？　私、援助してくれた方の名前を口にしたかしら？」

「ええ、先ほど聞きましたわよ？」

「いいえ。私は口にしていないわ。あの男の名前を口にするのも忌々しいもの」

「………」

これは失態だ。

あっと気付いて口を閉じて笑顔で誤魔化そうとしたものの、すでにアメリアの目が光っていた。

られない。

「……やっぱり、貴女、転生者ね？」

オリヴィアが気付いたように、アメリアも薄々勘付いていたのだろう。

シナリオとは違い生きている上に、アシェルと結婚をして現れたオリヴィアに疑念を抱かずにはいられない。

だから、足を運んで探るような真似をしてきたのだ。

「もう！　ふざけないでよ！　よりにもよってアシェルを堕とすなんて最悪なんだけど！」

アメリアは目を釣りあげ、オリヴィアを責め立ててくる。

転生者だとバレた瞬間に態度を変えられて、目を丸くしたまま固まるしかなかった。

「私が絶対にアシェルを手に入れるって決めていたのに！　それを目標にここまでやってきたっていうのに！　もう！　もう！」

アメリアは地団駄を踏みながら、そのためにいかに苦労してきたかを話してくる。

自分がリリアナではなくアメリアに転生したと知ったとき、どれほど悔しい思いをしたか、だからアシェルに会うためにわざわざ国王にお願いをして賓客《ひんきゃく》として彼を招くようにお願いしたのにと、つらつらと怒りをぶちまけた。

「リリアナの親友面してアシェルを奪ったのね。前世の知識を利用して」

「奪うだなんて、誤解ですわ。なりゆきでそうなっただけで」

「嘘《うそ》よ！　貴女もどうせ好感度が見えているんでしょう！　だから狙って堕とせたに違いないわ！」

「好感度？」

何のことかと首を傾げると、アメリアも話が通じていないのが分かり同じく首を傾げる。

「しらばっくれないでよ。貴女も見えているんでしょう？　自分への好感度とか、女性の好みとかステータスが」

「アメリア様にはそんなものが見えますの？　それはさぞかし便利でしたでしょうね。だから陛下の他に三人もの秘密の恋人を持つことができたのですね」

「な！」

顔を真っ青にしてアメリアは愕然としていた。

まさかオリヴィアにバレているとは思わなかったのだろう。

「私、自分への好感度は見えませんが、相関図が見えますの。ですから、アメリア様が男性がたと内緒でそれぞれと恋仲になっていることはお見通しです」

「どうして私と違うの⁉　そっちの方が便利じゃない！」

「さぁ？　どうしてでしょう？」

オリヴィアも疑問に思うところだが、アメリアの力については何となく見当がつく。

彼女がゲームの主人公だからだろう。プレイヤーが当たり前に見られるものを、アメリアもまた見ているのだ。

「ですので、アメリア様が最初からアシェルを狙っていることも知っておりました。転生者であることも。まさかこんな複雑な逆ハールートに突き進んでいるとは思いませんでしたけれど」

こちらの方が優位だと分かったのだろう。

今度はアメリアが押し黙る番になった。

「でも、どうしてこんな面倒なことを？　ゲームのときのように表立って逆ハーになっておけばよかったのではありません？　ザッカリー様もいらっしゃらないし」

ここぞとばかりに疑問を投げかける。

苦虫を噛《か》み潰《つぶ》したような顔になったアメリアだが、観念して口を開いた。

「ザッカリーが面倒だったからよ。変に執着されて邪魔されたくなかったから、上手く言いくるめて領地に追いやったの」

「まぁ、たしかにヤンデレ気質が強い方ですけれど、ヤンデレはアシェルも同じではありません？」

同じヤンデレ属性なのに、どうしてアシェルは最推しでザッカリーは面倒なのだろう。その違いは何かと問うと、アメリアは急に覚醒したように目を大きく開いた。

「アシェルとは全然違うわよ！　あのじめじめした雰囲気！　陰気でぼそぼそと喋《しゃべ》って何言っているか分からないし、卑屈だし！　何よりあのぬめっとした感じの視線を寄越《よこ》す目！　あれが本当に嫌い！」

それに比べて、アシェルの堂々たるさまは本当に惚れ惚れする。

俺様気質でちょっとつれないところもあるけれど、優しいところもあって、でも一途《いちず》で強烈な愛を持っている。

彼にならば奪われて攫われても構わないと思っているが、ザッカリーはごめんだとアメリアは力説していた。

（たしかに、同じヤンデレでもあのふたりは属性がまったく違うわね）

一概に同じと言っては失礼だったと、心の中でアシェルに謝った。

「事情は分かりました。状況も。ですが、アシェルを貴女に渡すことはできません。どうぞ諦めてください」

たとえアメリアの推しだからと言われても、今さらどうしようもない。

オリヴィアはアシェルを愛しているし、彼も愛してくれている。

それを変えることなど不可能なのだ。

「……別に譲ってもらおうだなんて思っていないわ。貴女から奪うだけ」

けれども、アメリアはこんな言葉では諦めてくれない。

臆面もなく「奪うからいい」と言ってしまうところに、そこはかとない恐怖を感じた。

「相関図？　結局貴女もその力を使ってシナリオを捻《ね》じ曲《ま》げて、アシェルを手に入れただけじゃない。彼のほしいものを与えて、寄り添って優しい言葉をかけて、リリアナの真似をすればよかっただけでしょう」

ずるをしただけのこと、とアメリアは吐いて捨てる。

どうせリリアナの猿真似をしただけに過ぎないと。

「それなら私だってできるわ。シンデレラシンドロームを何十回もプレイをした私なら、リリアナを再現することだって可能よ」

絶対に私の方が上手くアシェルの心を掴むことができると、自信ありげな笑みを浮かべた。

そんな彼女を見て、オリヴィアはすぅっと目を細める。

「アシェルは、そう簡単な男ではありませんわよ？　ただ上辺だけの優しい言葉や寄り添う姿勢を見せたところで、簡単には靡《なび》きません」

たしかに、オリヴィアも最初は彼を「リリアナに優しくされただけで堕ちるちょろい男」だと思っていた。

けれども、それはいい具合にタイミングや状況が重なったところに、リリアナの優しさが心の隙間に滲み込んでしまったのだろう。

この状況でアメリアが同じことをしても、彼の心に響くとは思えない。

「いいわ。なら見ていなさいよ。私にはいくつもの乙女ゲームを攻略してきた実績があるんですから。実際、他の三人もそれを使って堕とせたしね。アシェルも絶対に堕としてみせるわ」

「お好きになさって構いませんが、忘れないでくださいね。私に『秘密の恋人』の存在を知られていることを」

アメリアの五角関係は、ちょっと突いてやれば均衡が崩れるものだろう。

誰に秘密を漏らしても、彼女は窮地に陥るはずだ。もしかすると、国王の婚約者という立場から追いやられる可能性だってある。

「別にアシェルさえ手に入れば構わないわ。私は彼と幸せになるの。死にぞこないのオリヴィアではなく、アメリアとね」

そう言い残し、お茶に一口も口をつけないままアメリアは去っていった。

彼女の背中を見送ったあと、冷めてしまったお茶を口に含み、ふと考える。

——リリアナから奪った。

先ほどのアメリアの言葉が頭の中を巡る。

言い換えれば、オリヴィアは自分の命惜しさにリリアナとアシェルが恋に堕ちる機会を奪ったということになる。

アシェルの運命の人はリリアナなのに、イーノクとくっ付けたいがために会わせないようにしたり、会話の邪魔をしたりといろんなことをしてきた。

それはアメリアに言わせれば、「ずる」だと言う。

（……たしかに、そうかもしれないわね）

罪悪感にも似たモヤモヤが、胸の中にじんわりと広がっていく。

こんなことを考えるのは今さらだと分かっているが、同じ転生者に責められてしまうと実感が伴っているために如実に心に効いてきていた。

リリアナの真似をしたつもりはない。

優しい言葉をかけるどころか、叱咤していた。

むしろ疑いの目を向けられていたし、出会いとしてはいいものではない。

嫌われても不思議ではなかった。

けれども愛してくれた。

——しかし相関図を見る力がなかった場合、同じような結果になったかと聞かれれば、そうだと胸を張れる自信はない。

運命など、ちょっとしたことで変わってしまう。

変わらないものもあるけれど、それは果たしてふたりの愛にも言えることなのだろうかと不安になってしまった。

（ダメね。こんな不安を抱えては、アメリアの思うつぼよ）

弱気になってはダメだと己を叱咤し、不安を呑み込むようにカップに残っていたお茶を飲み干す。

アシェルが戻ってくるまで、少し横になろうとベッドに横たわり目を閉じた。

◇◇◇

（オリヴィアは今頃何をしているだろうか）

アシェルの頭の中にそれが常に回っていた。

彼女と離れたくなかったが、王族だけで会談をしたいと言われたら連れて行くわけにもいかず、辞退するわけにもいかなかった。

表向きは真面目な顔をして話に参加しているが、オリヴィアのことばかり考えている。

寂しい思いをしていないといいがと不安になるものの、アシェルを恋しがる姿も見てみたいとも思う。

オリヴィアはなかなか心の内を見せてくれない。

そういう性格なのだろうが、もどかしく感じてしまうときがある。

アシェルのことばかり気にかけて、自分のことには無頓着だ。いや、アシェルのことばかりではない、他人のことばかりに気をやってしまうのだ。

だからこそ、オリヴィアを誰の目にも触れさせたくない。

閉じ込めて、アシェル以外のことを考えられないようにしたいのに、彼女はそれでは嫌だと怒る。

怒るどころか嫌いになってしまうとさえ言われてしまった。

これでは我慢するしかない。

だから、今回のリッシェルウィドウ国行きも渋った。

話をした途端、オリヴィアの目が輝いたからだ。

この国に何か目ぼしいものが待っているかのように、ワクワクした顔で「行きましょう」と言ってきた。

それが気に食わず兄にも他の者に任せた方がいいのではないかとそれとなく促してみたが、他に適任はいないと断られてしまった。

何故かリッシェルウィドウ側から、アシェルの参加を促すような手紙も貰《もら》っているらしい。だからお前しかいないのだと。

オリヴィアを国に置いて参加もできないと考えた結果、引き受けるしかなかった。

さて、そうなるとオリヴィアの興味を引くものが何なのか、それが気になる。

場所や物だったらいい。

けれどもそれが「誰か」だったら看過できない。

すぐさまオリヴィアの興味を断つための対処をしなければ。

(あのアメリアとかいう女と、国王と……宰相に騎士団長に公爵か。この五人を随分と気にしていた様子だったな)

もし、あの男四人の誰かなら度し難い。

(俺の方があいつらよりも顔がいいだろう。誰よりもオリヴィアのことを愛しているし、幸せにできる)

それなのに目移りしたとでもいうのであれば、オリヴィアに分からせてやる必要がある。

今度こそ、「嫌いになる」と言われても止められなくなるかもしれないが。

だが、そうなる前に話し合いだ。

彼女は何かと話し合いをしたがる。

相互理解が大事なのだと言うので、アシェルもそれにならうべくオリヴィアに話を持ち掛けたかった。

長かった会談が終わり、さっそく部屋に戻ろうとしたところでいつの間にかアメリアが隣にやってきていた。

「アシェル殿下、少しお話をしたいことがあるのですが……よろしいですか？」

妙に媚びた声が癪《しゃく》に障る。

こちらとしては話すことなどないと突っぱねたいところだが、オリヴィアは彼女のことも気にかけていた。

仲良くするとも言っていたので、アメリアの何が気になるのかを探ってみるのも手かもしれない。

そう思い、頷き話に応じることにした。

何か呼び止めるほどの重要な話があるのかと耳を傾けていたが、毒にも薬にもならない話ばかり。

何かとアシェルのことを聞きたがり、共感を見せて優しい言葉をかけてくる。

しかもどこで調べてきたのか、何故かアシェルの過去も知っているようだった。

「アシェル殿下はイーノク殿下のために生きてきたのですね。ずっと孤独で、ひとりでその重荷を背負って……。私がお側にいたら一緒に背負いましたのに。貴方自身の人生を生きていいと、言葉をかけてあげたのに……」

しゅんと肩を落として、まるでアシェルの孤独を労わるような言葉を吐かれたが、うすら寒い思いをしただけだった。

話を聞いただけでこの女に何が分かるのかと、怒りも湧いてくる。

それに、婚約者がいるのにもかかわらず、こんなことを他の男に言う女の戯言《たわごと》を聞いていられるほどアシェルも暇ではない。

「話はそれだけか」

「お時間があるのでしたら、もっとお話したいですわ」

「俺の妻、オリヴィアとは以前からの知り合いか？」

「いいえ。今回初めてお会いしました」

そうなると、アメリアと会いたかったわけではないということか。

ならば、ここにいる理由はない。

「時間はない。妻のもとに急いでいるのでな」

お前に割く時間はないと近寄ってくるアメリアからスッと一歩引くと、彼女はアシェルの頭上を見て「好感度が上がらない？」などと呟《つぶや》いていた。

こんなことで好感度が上がると思うなんて、なんてめでたい考えなのだろう。

呆れたアシェルは「失礼する」と強引にこの場から離れた。

（失礼な女だ）

あんな女に割《さ》いた時間がもったいなかったと、話に付き合ったことを後悔した。

「随分と遅くなってしまってすまない。待っただろう、オリヴィア。……オリヴィア？」

部屋に戻ったが、いつもなら出迎えてくれるオリヴィアが顔を見せない。

どうしたのだろうと部屋の中を見渡すと、ベッドの上で眠る愛おしい人を見つけた。

「待ちくたびれたのか」

仕方がない。アシェルでさえも長い会議には飽き飽きしてしまったくらいだ、待たされている彼女も退屈して眠ってしまうだろう。

起こすのも可哀想だと、可愛い寝顔を堪能するために隣に腰をかけた。

すると、彼女の腕の中に黒いものが抱き込まれているのが見えて何かと探ると、アシェルの上着だと気付く。

その瞬間、可愛さに悶《もだ》えた。

（そんなに寂しかったのか）

悪いことをしたと反省し、今日は思い切り甘えさせてやろうと心に決める。

普段はたおやかな顔をしていても、ふとしたときにこんないじらしいことをしてくる。そんなオリヴィアが愛おしくて堪らなかった。

――キスがしたい。キスだけではなく、彼女のすべてを今すぐにでも貪りたい。

そんな欲がむくむくと膨れ上がってきた。

節操がないと言われるかもしれないが、これはオリヴィアが可愛いことをするから悪い。アシェルだけのせいではないはずだ。

起こしてキスをすべきか、それとも寝ているところにキスをすべきか。

どちらがいいかと真剣に悩んでいると、先にオリヴィアの方が目を覚ました。

「アシェル」

顔を見た途端に、嬉しそうに破顔する彼女を見て、こちらまで嬉しくなった。

「待たせてしまったな、オリヴィア」

「おかえりなさい」

腕の中に閉じ込めると、オリヴィアもアシェルの首に腕を回して抱き締めてきた。

「俺の留守中に変わったことはなかったか？」

「変わったこと……」

そう聞くと、彼女はスッとアシェルから離れ何かを考える素振りを見せる。

何かあったのかと窺うと、スッと右手を挙げた。

「……あの、変なことを聞いてもよろしいですか？」

「変なこと？　どんなことかは分からないが、俺に聞きたいことがあるなら遠慮せずに聞くといい」

変とは言いつつも、かしこまって聞くということは真面目な話だろう。

そうでなくとも、オリヴィアにはどんなことでも聞いてほしい。

「もしも、ですが……アシェルに本当は私以外の運命の人がいるとしたら、どうしますか？」

「どういう意味だ？」

オリヴィアが言わんとしていることがよく分からずに眉を顰める。

彼女以外の運命の人と言われても、まったくピンとこない。

「本当は結ばれるべき人が他にいて、それを私が知っていたとして、その人と結ばれるのを阻止したとしたら……アシェルは怒って……うぅ～やっぱりこの話はなしです！　馬鹿なことを聞きました！」

わぁ！　と頭を抱えて、持っていたアシェルの上着を被ってしまった。

ぷるぷると震える姿を見て、先ほどの言葉の意味を考える。

（俺にオリヴィア以外の「運命の人」とやらがいて、そいつと結ばれるのをオリヴィアが邪魔をしていたとしたらという仮定か？）

そうだとしたら、嬉しいに決まっている。

本当にいるかも分からない運命の人とやらなど興味はないが、オリヴィアが邪魔をしてくれたおかげで今があるのであればやぶさかではない。

今の状況に満足しているアシェルとしては、仮定はどうあれ結果が良ければ何だっていい。

「それで、その仮定の話をして、俺に何を聞きたいんだ」

けれども、肝心なのはオリヴィアが仮定の話の何に不安を覚えているかというところだろう。

上着を捲《まく》り、隠れているオリヴィアの顔を覗《のぞ》き見《み》る。

すると、彼女は「うぅ……」と言《い》い淀《よど》みながら、上着の中から顔を出して再び目の前に座った。

「もし、私がそういうことをしていたら、アシェルは私に怒りますか？　……き、嫌いになりますか？」

眦に涙を浮かべながら、懸命に言葉を繋げて「嫌うかどうか」を聞いてくる彼女。

その姿を見て、アシェルの中で何かがぶわりと溢れてきた。

「……嫌いになるかだと？　お前、この期に及んで俺にそんなことを聞くのか」

呆れたものだ、アシェルの愛を疑うなど。

こんなにもオリヴィアを求めて止まないのに、愛が行き過ぎて暴走しそうになるところを懸命に抑え込んでいるというのに、そんな仮定の話で不安になるとは。

オリヴィアをベッドに押し倒し、覆いかぶさる。

怯えた目で見つめてくる姿にも愛おしさを感じているというのに、この愛が揺らぐとでも思っているのだろうか。

「だって、アシェルは私に観察力があるから興味を持ったでしょう？　人の心の機微を理解している私が気になって近づいた。もしも、私がそんなものを持っていなくて、ただの平凡な令嬢だったらきっと見向きもされなかったと思うのです」

たしかにきっかけはそうだったかもしれない。

オリヴィアが邪《よこしま》なことを考えているのではないかと警戒して近づいた。

だが、惚れたきっかけはまったく違う。

「私の他に貴方の心を理解できる人が現れたら、寄り添える人が側にいたら、私よりその女性を選んでいたかも……ぅンっ！」

わけの分からないことを言う口を自分の口で塞いでやり、彼女が余計なことを考えないように舌で口内を蹂躙した。

「……ふぅ……ンっ……ンぅ……ぅぅン……」

舌先で弱い上顎を擦り、逃げようとする舌を捕まえては啜《すす》ってやる。

翻弄して、頭の中を蕩けさせて、アシェルのことしか考えられなくしてやりたい。

湧き上がる欲が獰猛《どうもう》さを伴って、暴れ始める。

あぁ、どうして分かってくれないのか。

どうしてそんなことで不安に思ってしまうのか。

涙を目にいっぱいに浮かべて、怯えた顔をして。

こんなに愛しているのに。

腹を立てながらも、彼女のその不安げな顔に興奮している自分がいた。

仄暗い悦びすら感じてしまう。

――そんなありもしない仮定の話に不安に思ってしまうほどに、愛してくれているのかと。

嬉しすぎて血が滾って脳が焼き切れそうになる。

「お前が嫌だと言うから別荘に閉じ込めてやるのも我慢している。この俺が、お前に嫌われたくないがために我慢しているんだ。ここまでしているのに、俺がそんなことでお前以外の人間を選ぶとでも思うのか」

ちょうど先ほど、オリヴィアが言うような「心に寄り添おうと優しい言葉をかけてくれる女性」とやらに会った。

もしあんなもので靡くと思われているのであれば業腹だ。

「そもそも、今お前が言っているそいつはどこのアシェルだ？　この世にオリヴィア以外の女性を愛するアシェルが存在しているのか？」

「……していません」

「そうだろう。ここにいるのはお前だけを愛してやまないアシェルだけだ。お前に心を預けたんだ、勝手に不安になって投げ出そうとするな」

そんなこと絶対に許さないと、キスの余韻でぼうっとしているオリヴィアの口もとに指を滑らせた。

きっと疑うのは、アシェルの愛が不足しているからだろう。

もっともっと深くて重い愛で絡め取ってやらないと、オリヴィアは分からないのだ。雁字搦《がんじがら》めになって逃げ出せないくらいの強固な愛で。

さて、一晩かけてでも教え込もうかと首元のクラヴァットを緩めると、オリヴィアが顔を真っ赤にして自分の手でそれを隠すように覆う。

「ち、違います！　違うんです！　先ほどの話には続きがあって……」

「聞かせてもらおうか」

それは早計だったと一旦首元から手を離すと、オリヴィアは顔を覆ったまま続きを口にした。

「たとえそうなったとしても、私はアシェルを諦めることができないと思うと言いたかったのです。償いも謝罪も、でき得る限りをして、もう一度貴方の心を取り戻せるように努力するでしょうと」

また愛してもらえるのであれば、何度でも。

「私だって、貴方に心を預けたんです。簡単に投げ出されたくはありませんし、簡単に諦めたくはありません」

ゆっくりと顔を覆っていた手を取り、琥珀色の瞳が真っ直ぐにアシェルを貫いた。

「たしかに、目の前にいるのは私を愛してくださっているアシェルです。それ以外何者でもありません。……今考えても、変な質問でしたね。申し訳ございません」

だが、口にせずにいられなかったのは、それほどまでに不安だったからだろう。

アシェルの反応を見た上で、オリヴィアの決意を言いたかったのだ。

不安を払拭するために。

「いい。変だろうと何だろうと、お前の気持ちを聞けてよかった。あのまま『不安だ』で話を終わらせるつもりだったのであれば、分からせてやるしかないと思っていたんだがな」

そんなものでとどまらず、決意をも伝えてくれた。

（やはりオリヴィアだ。俺にはオリヴィアしかいない）

改めて実感する、彼女への愛。

オリヴィアの魅力、アシェルが強烈に惹かれた理由。

アメリアの薄っぺらな言葉とは違う。上辺だけの優しさとは違う。

きっとオリヴィアの言葉だけがアシェルの胸に突き刺さったのは、寄り添うだけではなく奮い立たせるものだったからだ。

過去ではなく未来を見せてくれるものだったからだろう。

「もし、お前が邪魔をしたというのが真実なのであれば、俺は感謝したい。それがあったからこそ、俺はオリヴィアという最愛の人を得ることができた」

彼女は他に運命の人がいると言っていたが、アシェルにとって運命の人はオリヴィアだ。

アシェルがそう決めたのだから、間違いない。

「愛している、オリヴィア。この感情を植え付けたのはお前だ。お前でしか花咲かない感情だった」

「私も同じです。きっとアシェルじゃなければ、アシェルの愛がなければ自分の恋に臆病なままでした」

互いが互いでなければ持ちえなかった感情、それが今では人生のすべてになっている。

キスをしてオリヴィアの小さな身体を腕の中で閉じ込めて、背中を擦る。

ちゅ、ちゅ、と頬にキスをして唇を首筋に伝うと、彼女もそれに応えるようにアシェルの背中に手を回してきた。

今日は背中に紐《ひも》があるタイプのドレスを身に着けているらしい。

しゅるりと解き、固く引き絞られた紐を外していく。じれったくて引き千切りたくなるが、オリヴィアの身体にも傷付ける可能性があることはできないので、グッと堪えた。

ドレスを脱がせて、下着姿にする。

「……アシェル……こんな昼間から……」

「今までもあっただろう。日が高いうちから抱き合うことなど。忘れたのか？　リビングのカウチでお前を俺の膝に乗せて……」

「覚えております！　覚えておりますが……やはり明るいうちからするのは、まだ恥ずかしくて……」

抵抗があるのだと小さな声で言う彼女が可愛らしかった。

「誰も部屋に来ないし、お前の身体は俺が隅から隅まで知っている。恥じらうことはない。まぁ、恥じらいたいのであればそうすればいい。全身を真っ赤にして羞恥に震えるお前を見るのも好きだからな」

自国から連れてきた侍女は、アシェルとオリヴィアが部屋にふたりきりになったら部屋を出て、呼ばれるまで中には入らないだろうし、この国で手配された侍女たちにもそう言い聞かせてくれているだろう。

誰にも邪魔されることなく、存分に愛し合える。

いまだに明るい場所で見られるのが恥ずかしいなんて初心なことを言う妻は、時間をかけて愛でてやらなければ。

下着もすべて取り攫い生まれたままの姿にすると、オリヴィアは顔を真っ赤に染めて羞恥に耐えていた。

耐えるほどの余裕も突き崩してやりたい。

そんな気持ちに突き動かされるようにふくよかな胸の丸みを両手で掴み、円を描くように揉んでいく。

すでに期待をしているのか、それとも揉まれるだけでそうなるように躾《しつ》けられてしまったのか。

胸の頂が硬く勃ち上がり、存在を主張している。

ピンク色のそこは、見るからに美味しそうだ。

口の中に含んで、舌で転がしてやりたい衝動に駆られる。もしくは指で挟んでぐりぐりと擦り、虐めてやりたくなった。

けれども、今日は焦らしてやりたい気分だ。

焦らして焦らして、快楽を身体の中に燻《くすぶ》らせて、限界まで追い詰めたあとにアシェルを求める言葉を言わせたい。

先ほどのできごとは、オリヴィアの愛を強く感じるものだった。

だから、貪欲にもっと感じたいと願うのだ。

乳房を下から持ち上げて、柔らかさをたしかめるように揺らしてみる。

オリヴィアの胸は形が良く、肌触りも滑らかだ。

いくらでも触っていたいと、ついつい揉んでしまう。

だが、それだけではオリヴィアが寂しいだろう。

ピンクに色づく胸の頂を弄ってやりたいところだが、ここはその周りの乳暈を指でなぞることに留めた。

くるくる、くるくると指が動くたびに、オリヴィアの吐息が熱くなっていく。

薄く開いた口の中から見え隠れする舌が色っぽい。

もうすでに自分の下腹部が痛いくらいに張りつめているのが分かって、こちらのほうが焦らされている気分になる。

互いにどこまで我慢できるか、根競《こんくら》べになってきていた。

「……はぅ……あっ……はぁン……っ」

徐々に肌も敏感になってきたのだろう。甘い声も聞こえてくるようになった。

もうどこを触っても感じるようになっている頃だ。

みぞおちをなぞっても、脇腹を擦っても、鼠径部《そけいぶ》を撫でても、オリヴィアは目を潤ませて何か言いたげな視線を向けてくる。

アシェルはそれに不敵な笑みを返し、今度は太腿に手を滑らせた。

(いつ見ても、噛み付きたくなるな)

ほどよく肉がついている太腿もそうだが、色香を放つうなじも、柔らかな胸も、どこもかしこも美味しそうで堪らなくなる。

傷つけたくない。

そう強く思うのに、オリヴィアに消えない傷をつけてやりたいという衝動が驟雨《しゅうう》のように押し寄せてきて、辛いくらいだ。

傷付けて、誰にも見せられないような姿にして、外に出られないようにして。

きっと傷だらけになっても、オリヴィアの魅力は一切損なわれないだろう。むしろ、もっともっとアシェルの心を揺さぶってくるかもしれない。

そんなことを想像しては打ち消す。

（オリヴィアに嫌われる。それだけは絶対にダメだ。……自制しろ）

自分に言い聞かせ、アシェルは手をふくらはぎまで伸ばした。

もう片方の手は、内腿《うちもも》に。

秘裂に触れるかどうかぎりぎりのラインを擦り、さらに追い詰めていく。

案の定、腰が揺れて秘所から蜜が零れて、まるでこちらを誘っているかのように身体が反応していっている。

早く、早く強請れと願いながら、それでも肝心な部分に触れないようにしていた。

「……ぅン……あ……アシェルぅ……っ」

珍しく媚びる声を出してくる。

これだ、この声が聞きたかったのだと、アシェルはごくりと唾を呑み込んだ。

もっと聞かせてほしいと両手で秘裂のきわを擦り、指でクイっと割り開く。

欲しがってヒクつき、こぷりと蜜を漏らすそこにフッと息を吹きかけてやった。

すると、ビクンと大きく身体を跳ねさせて、艶《あで》やかに啼く。

さらに何回か息を吹きかけると、それだけで達してしまいそうなほどに反応をしていた。

だが、足りない。

もっと決定的な刺激が欲しいと、何度も名前を呼んできた。

「オリヴィア」

こちらも名前を呼んでやると、何を待っているか分かったのだろう。

オリヴィアは深呼吸を繰り返し、震える唇をゆっくりと動かした。

「……お願い……アシェル……触って……」

消え入りそうなほど小さかったが、たしかに耳に届いた懇願の声は、アシェルを一気に高揚させた。

こちらも限界がきていたのだ、ここぞとばかりに貪りつく。

「はぁっンんっ……あっあっ……あぁっ！　やぁ！　強く、すっちゃ……ひあぁっ！」

胸の頂をきつく吸い、同時に膣の中に指を挿し込んでくにくにと感じる箇所を重点的に擦った。

焦らしに焦らされたオリヴィアは、あっという間に高みに上ろうとしていた。

指の腹で擦ってやった箇所がビクビクと震えている。

食いちぎらんばかりに指を締め付け、絡みついて媚びてきていた。

きっと、中に挿入ったら頭が蕩けてしまうほどに気持ちいいのだろう。

想像しただけで興奮してくる。

もうオリヴィアを貪りたい。

貫いて奥の奥までアシェルでいっぱいにして、とことんまで攻め立てたい。

もっともっと胎の中も胸の中も頭の中も、全部全部。

彼女が感じるのはアシェルだけでいい。

考えるのも見るのも声をかけるのも、アシェルにだけ。

他のものは余計だ。

こういうときほど攫って閉じ込めたくなる。

別荘の地下室でふたりだけの世界に入り込みたいと強く願ってしまうのだ。

「……あっ……あぁっ……まっ……て……イってしまう、から……あンっ……ンっンぁっ！」

胸の頂をじゅう……と強く吸い、指の動きを止めてしまう。

すると、オリヴィアの腰がカクカクといやらしい動きを見せたものの、達するまでにはいかなかったようで、求めるような目をこちらに向けてきた。

アシェルは視線の意図に気付いているものの、簡単には与えたくないと焦らす。

ゆっくりと指を回し、大きな刺激を与えないようにした。

彼女はふぅふぅと息を整え、どうにかこうにか高ぶった身体を収めようとしていた。

けれども、ちゃんと達してしまいたいという欲もくすぶっているのだろう。

アシェルの手の甲に触れ、爪の先で可愛らしくカリカリと引っかいてきた。

「どうした？」

意地悪く問うと、オリヴィアは顔を真っ赤にする。

その反応が愛おしくて、アシェルはまた指で膣壁に擦りつける動きをしながら、ピンと硬く勃ち上がった乳首を口に含んだ。

今度はねっとりと攻め込む。

「……ふっ……ぅう……っ！　ン……んっ……あっう……うぅン……」

イかせてしまわないように気を付けながら、膣の中の弱いところをトントンと押してやった。

もどかしさに腰が揺れている。

（……早く……早く、俺を欲しがれっ）

淫靡な姿を見下ろし、沸き立つ衝動をどうにか抑え込むのももう限界だ。

「……アシェル……アシェル……もう、焦らさないで……お願い……」

ようやく白旗を上げたオリヴィアは、またアシェルの手の甲を引っかいてきた。

さらに顔を寄せて軽くキスをしてくる。

潤んだ瞳で見つめてきて、その大胆さに理性などかなぐり捨てた。

弾けてしまう直前に指を抜きオリヴィアの脚を持ち上げると、熱く滾った己の欲望で一気に胎の奥まで貫いた。

「あぁっ！　……あっあぁ……あっ……あぁぅ……」

膣の中が蠢き、アシェルの屹立をきつく締め上げる。

挿入した衝撃で達してしまったオリヴィアは、小さく喘ぎながら一度上りつめた絶頂から戻ってこられずにビクビク震えていた。

かくいうアシェルも中の気持ちよさにイってしまいそうになっていた。

すんでのところで我慢できた自分を褒めてやりたい。

このまま突き上げたい衝動を押し殺し、オリヴィアが落ち着くまでしばし待っていた。

「……アシェルぅ」

ところが、あろうことかオリヴィアが甘えた声を出してギュッと首に抱き着いてきた。

アシェルはもう欲を止める手立てなど持っていない。

求められるがままに思い切り腰を動かし、ガンガンと突いてやった。

「あンっ！　あっ……あぁンっ！」

（あぁ……可愛い……可愛い可愛い可愛い）

揺さぶるたびにいい反応を見せる身体。

蕩けていく顔。

感じるがあまりにアシェルの背中に爪を立ててしまう仕草。

まるでアシェルの欲を高めるためだけに作られたかと思うほどに、心地よい声。

何を見ても何を聞いても、どこを触っても愛おしくて仕方がない。

どうしてこの愛おしい者を他人の目にも触れされているのだろうと、不思議に思ってしまうくらいだ。

「出すぞ」

「……うっ……うぅン……あっ……あぁっ！」

穢したい。

この中をアシェルで一杯に満たしたい。

収まり切らなくなるまで、溢れてしまうほどに限界まで注ぎたい。

その願いとともに精液を吐き出すと、同時にオリヴィアも果てた。

アシェルが出し切っても、彼女はまだ軽くイっているらしい。中が蠢いて屹立に絡みついてきた。

再び熱を持って硬くなったそれを一旦引き抜くと、オリヴィアの身体をひっくり返し、今度は後ろから貫く。

「はぁっ！　あぁンっ！　あっ！　……まって……まだ、イって……あぁっ！」

「あぁ……俺にも伝わってくる。お前のすべてが気持ちいいと啼いているのが。俺の下で何度でも果ててみせろ」

「……そんな！　……あっあっ……ダメぇ……ぁ……ひあぁっ！」

ダメダメと言いながらも、奥を突いてやるとオリヴィアはイってしまう。

何度も何度も子宮口を押し上げて、そのたびにダラダラと蜜を零しながら受け入れていた。

秘裂からアシェルの精とオリヴィアの蜜が交じり合ったものが溢れ出て、彼女の太腿を伝っていく。

それを見ていると、また滾ってきて気が付いたときには再び彼女の中に自分の欲をぶつけていた。

足りない。

オリヴィアが足りない。

口寂しくなって、彼女のうなじに食らいつく。

その間もまたオリヴィアの最奥を自分の精で穢そうと、腰を動かしていた。

このまま朝まで部屋から出ず、情事に耽《ふけ》りたい。

アシェルが満足するまでオリヴィアを貪りたい。

けれども、満足などするのだろうか。

この愛欲に果てはあるのか。

「あぁっ！　……あっ……ンん……あっ！」

いや、あるはずがない。

永遠にオリヴィアを求め、貪り、もう満たされたと思ってもすぐに飢えてしまうのだろう。

こんな獣じみた愚かなアシェルを彼女は受け入れ、愛してくれている。
嫌われないように、――壊さないように愛さなければ。
「永遠に俺はお前だけのものだ、オリヴィア」
――永遠にお前は俺だけのもの。
何にどう邪魔されても、それだけは捻じ曲げられない。
永遠に変わらない真実だ。

第四章

フッと深い眠りから浮上する感覚がして、オリヴィアはゆっくりと目を開けた。

いつものように逞《たくま》しい腕に抱き込まれる形で眠っていて、見上げればアシェルの寝顔があった。

カーテンから明かりが漏れているのを見るに、朝になったのだろうか。

あれからアシェルが何度も求めてきて、日が暮れて夜がきても彼の下で啼かされていたのは覚えている。

途中から記憶が曖昧なので、気を失うまで抱かれていたのかもしれない。

（今思い返すと、物凄《ものすご》く恥ずかしいことを言ったかもしれないけれど、打ち明けてよかった）

あんなたとえ話をちゃんと聞いてくれて、嬉しい言葉もくれた。

そんなアシェルだから、オリヴィアもどんなことがあっても愛し続けたいと伝えることができたのだろう。

彼の愛はただ重いだけではない。

深くて温かくもあるのだ。

今こそ、「愛している」という言葉の重みを実感する。

アシェルの嘘偽りない「愛している」はオリヴィアを救ってくれるのだから。

「おはよう」

「あ！　おはよう……ございます……」

先ほどまで遠慮なく見つめていたのに、アシェルの目が開き、紫色の瞳に見つめられていると思った途端に、気恥ずかしさがこみ上げてきた。

毛布の中に顔を埋めて、彼の視線から逃れようとする。

「どうした？　お前だけのアシェルに顔を見せてくれないのか？」

「え！　あ、あの、ちょっと、その……」

「この世で唯一お前だけに愛を捧《ささ》げるアシェルが、顔を見せてくれないと寂しくて仕方がないと言っているぞ」

「い、言い方！」

そんな言い方をしなくてもと、さらに顔を見せづらくなった。

「お前が少しでも不安にならないようにしているだけだ。俺がいったい誰のものなのか、普段から教えておけばちょっとしたことでも揺らがないだろう？」

「昨日散々教えていただいたので大丈夫です」

それこそ、疑うことすら馬鹿だと思えるほどに。

アメリアの言葉につられてもしもの話を考えてしまうなんて、愚かだったと後悔してしまうほどに。

「でも、昨日は申し訳ございません。突然あんなことを言って」

きっと驚いただろう。

途中でアシェルもオリヴィアが勝手なことを言い出すのではと思って、怒りを剥き出しにしていた。

「唐突だろうが何だろうが、話し合うことが大事なのだろう？　お前がよく言っていたではないか。俺はお前の気持ちを聞けて、嬉しかったよ」

おかげで昨夜は燃えに燃えたしな、と付け加えられて、オリヴィアの顔が真っ赤に染まった。

「だが、次にどこぞの『アシェル』の話をしたら、今度こそ別荘に閉じ込める。同じアシェルでもそれは俺ではないのだからな。お前がそいつを思って頭を悩ませていると思うと、頭にくる」

二度目はないと言われ、深く頷く。

ゲームのアシェルとここにいるアシェルは別人だ。

同じように考えてはいけないのだろう。

「昨日もあのアメリアという女に『一緒に重荷を背負いたい』だの、『貴方自身の人生を生きていい』だのと知った風な口ぶりで言われたが、まったく心は動かなかった。つまりそういうことだ」

（本当にリリアナの台詞《せりふ》そのまま使ったのね）

あんなに豪語していたのに、結局リリアナの真似事《まねごと》をしたのはアメリアの方だったわけだと苦笑いをしてしまった。

ゲームのリリアナの台詞は、あの状況だったからこそアシェルの心に響いたのだ。

長年守ってきたイーノクを裏切り、奪う背徳感で加速していった恋だからこそ、あんなエンドになってしまった。

暴走してとことんまで堕ちる恋。

あの彼らは本当に幸せだったのか分からない。

「アシェルを幸せにできるのは私だけです」

きっともう、迷うことはない。

疑うことはない。

ただ、アシェルの愛を信じ、オリヴィアの愛を捧げるだけのこと。

「もちろんだ。お前を幸せにできるのも俺だけだ」

ふたりの物語は、一緒につくっていくのだから。


リッシェルウィドウの建国記念式典が三日後に迫る中、オリヴィアとアシェルは当日身に付ける衣装の調整をしていた。

白を基準とし、赤と金色を差し色にしたドレスをオリヴィアが纏い、同じ色調の礼服をアシェルが身に着ける予定だ。

長身で、スタイリッシュな服を着こなす、まさに理想的な体型をしているアシェルにとても似合っていて、見た瞬間に歓喜の叫び声を上げげそうになった。

脚の長さがより強調されていて、彼の本来の美しさがより際立つ。

結婚式のときに着ていた白のフロックコートもよかったが、これもまたいい。

隣に並ぶなんてもったいない。彼の完璧な美を遠くから眺めて堪能したいと思いつつも、やっぱり隣にいたいという気持ちもあって、苦しい葛藤が心の中で続いた。

（なるほど……アシェルの言う通り、ふたりきりの空間ならそれが叶うのよね）

他に誰もいない場ならば、アシェルの隣を譲ることもなく遠くから眺められる。

好きなときに隣に戻り、また好きなときに離れて観察できるのだ。

こんなことでアシェルの気持ちに共感できたことが、少し笑えてしまう。

恋をする前のオリヴィアだったら、隣に並ぶなんておこがましいと考えすらしなかった。

けれども自然にアシェルの隣に並ぶ姿を想像することができるようになっていて、自分の変化を実感してしまう。

当日は式典と晩餐会《ばんさんかい》が予定されていて、あまり格式ばった場所が得意ではないオリヴィアは今から緊張していた。

ただ椅子に座っているだけなのだが、場の雰囲気に圧倒されてしまいそうで不安だ。

鏡に映る自分の姿を見て、ふぅと大きく溜息を吐いた。

「また心配ごとか？　ドレスは問題ない。似合っているし、お前の愛らしさと美しさを損なわないものになっている。何より俺とお揃《そろ》いというところがいい」

隣に立つアシェルが、淡々とした口調で褒めてくれる。

だが、淡々としているのは口調だけで、目は一切瞬きせずにオリヴィアのドレス姿に釘付《くぎづ》けだ。

褒め口上がずっと続きそうなので、「ありがとうございます」と言って一旦終わらせた。

「緊張しているのだろう。ああいった公の場、しかも他国の大事な式典だ。何も感じない方がおかしい。俺も緊張している」

そっと彼を見上げると、優しい目と視線がかち合う。

「アシェルも緊張しているのですか？」

「している。お前と同じだ」

(嘘が下手ね)

まったく緊張などしていないのだろう。

けれども、オリヴィアに共感するためにそう言ってくれているに違いない。

「だから、緊張を紛らわせるために観光に行かないか。実はもう馬車は手配してある」

「え！」

観光と聞いて、心が跳ね上がった。

もちろん行きたい。

行ってこの国をもっと堪能したいと、首を大きく縦に振った。

だが、いつの間にそんな準備をしてくれていたのだろう。

もしかして、オリヴィアの緊張を前から感じ取ってくれていたのだろうか。

「アシェルは私の不安に敏感ですわよね」

以前は「人の心の機微など分からない」「デリカシーなど知らん」と豪語していたのに、今ではこんなにもすぐに察知してくれる。

「敏感でなければ、大切なことを見落としてしまうからな。お前のことだけは何ひとつ取りこぼしたくない」

だから、オリヴィアに見習ってちゃんと観察するようになったのだとアシェルは微笑んでいた。

「さて、どこに行きたい？　お前が以前行きたいと言っていた場所には行けるように手配はしておいた。図書館に展望台、露店は警備上難しいと言われたが、街中を走ることはできる」

「そうですね……悩みます」

候補に出した場所はどこもゲームに出てきた重要なところばかりだ。

どこもぜひ行ってみたい。

特に図書館に心が惹かれてしまう。そこは、ゲームのイベントが起きた場所であるのもそうだが、美しいステンドグラスを見ることができる。

ゲームの設定集で全貌を描いたラフスケッチを見たが、きっと本物を目にすることができたら美しさに心が震えるだろうと想像したものだ。

そこで実際に恋愛イベントが起きたりして。なんてことを考えたりできるシチュエーションとしては最高の場所でもあったので、ぜひとも拝んでみたい。

「図書館に行きたいです」

「分かった。着替え終えたらすぐに出発できるようにしておこう」

「はい！」

先ほどまで感じていた緊張がどこかへ飛んでいく。

ワクワクしながら着替え、出掛ける準備をした。

「招待されたからと、私のお願いも忘れてのこのこやってきたの？　呆れた」

馬車を待たせている場所までアシェルと一緒に歩いていると、不意に怒りを含んだ声が聞こえてきた。

聞き覚えのある声に思わずアシェルと顔を見合わせ、声がする方へと視線を向ける。

「でででで、でも、き、君が、陛下の婚約者として、初めて公の場に出る機会じゃないか。そんなおめでたい場所に、ぼぼ、僕だけ、行かないなんて……。そもそも、君が、僕を招待するべきだろう？」

廊下の奥、袋小路になっている先にある部屋の一室で、アメリアと男性が話し込んでいた。

扉が開いているのでその姿も見える。

アメリアが背をこちらに向けて立っているため、話し相手の顔が確認することができた。

そして、その顔を見て目を見開く。

（あれはザッカリー……）

間違いない。

あの気弱そうな顔に、おどおどした喋《しゃべ》り方。

アメリアの援助をしているザッカリーその人だった。

そんな彼がアメリアになぜここに来たのかと責められ、問い詰められている場面に出くわしてしまったらしい。

（たしか、アメリアは彼を異様に毛嫌いしていたわね）

逆ハーレムにも入れたくないので、援助をさせるだけさせて、国王の婚約者になったら言い含めて領地に行かせていると話していた。

陰気臭い雰囲気や、喋り方、目が嫌いだと言っていたが、ふたりの様子を見るにそれは本当のようだ。

実際、ふたりの頭上に浮かぶ相関図もそう示している。

アメリアはザッカリーを「気持ち悪い金蔓《かねづる》」と思っているようだが、ザッカリーの方は「援助している。でも本当は好き」となっていた。

「僕はずっと君を応援していたのに……お、お金だってコネだって、惜しみなく捧げた僕を蔑《ないがし》ろにするなんて……酷いじゃないか！」

たしかに、嫌いだからと言って恩を仇《あだ》で返すアメリアのやり方は、非難されても仕方のないものだ。

ザッカリーが気の毒に思えた。

「何だ、あの男は」

アシェルはザッカリーの正体を知らないので当然聞いてくる。

訳知り顔をしているオリヴィアの顔を覗き込み、あの男と知り合いなのかと訝《いぶか》しげな目を向けてきた。

「あの方はザッカリー様です」

先日、アメリアが話をしたいと部屋にやってきたという話は事前にしていたので、そのときにアメリアの支援者だと聞いたと説明する。

家を失った彼女を拾い、良縁が見つかるまで援助してくれた男性だと。

彼の正体が分かった途端、アシェルは興味を失くしたような顔を見せた。

何故オリヴィアが彼の名前を知っているのか、その理由を知って満足したのだろう。

「言ったはずよ。貴方は支援に徹してちょうだいって。それ以上のことはしないで、出しゃばらないでってお願いしたでしょう?」

「そうだけれど、お祝いくらいしたって……」

「だから、保護者面をされるのが嫌なのよ！　何でもかんでも自分は支援者だからって、大きな顔をして私の人生に踏み込んでこないで！」

「……お、大きな顔って……僕は当然の権利を主張しているだけなのに……」

もう立ち聞きするのは止めよう。

ふたりの会話を聞いているだけで胸が痛くなってきた。

アメリアがザッカリーと行き着く先を知っているので避けたいと思う気持ちは理解できるし、ザッカリーが主張することも分かる。

どちらの立場にも立てないオリヴィアは、何も聞かなかった振りをして去るのが正解だろう。

「ひぃっ！　そこにいるのは誰⁉」

ところが、去る前にザッカリーに見つかってしまい、悲鳴を上げられる。

アメリアもつられてこちらを見てきたために、立ち聞きしているのがバレてしまった。

隠れていても仕方がないと、一歩前に進み出てふたりの前に姿を現した、

「申し訳ございません、アメリア様。その、立ち聞きするつもりはなかったのですが……その、今から出掛けるつもりで歩いていたら、声が聞こえてきて、それで……」

つい足を止めてしまったと言ったとしても、結果聞いてしまったので言い訳にしかならないと、後ろめたさが襲ってきて語尾が小さくなった。

けれども、アメリアもアシェルを前にしてきつい口調で責めることはできなかったのだろう。怒りを呑み込んで、笑顔を貼り付けていた。

「こちらこそみっともないところをお見せして、申し訳ございません。こちら、私の後見人であるザッカリー様です。今、少々揉めておりまして、つい声を荒らげてしまいました」

ザッカリーにもオリヴィアとアシェルを紹介し、体面は保ったようだ。

「そうか。邪魔をしたな。我々は急ぐのでこれで」

清々しいほどにふたりに興味を見せないアシェルは、早くこの場を去りたいとばかりに話を終わらせる。

オリヴィアの手を掴み、さぁ行くぞと促した。

「あぁ、そうだ」

ところが、アシェルは振り返り、アメリアに声をかける。

「自分の支援者を大切にできない奴《やつ》が、他人の重荷を背負うなんてこと、できないと思うぞ。大切にした方がいい」

フン、と鼻で笑うアシェルを見て、アメリアはカッと顔を真っ赤にして震えていた。

先日の意趣返しとしてはなかなかなものだ。

笑いをどうにかこうにか呑み込みながら、オリヴィアはアメリアの前から去るべく必死に足を動かした。

「……何かとんでもない場面に出くわしてしまいましたね」

馬車に乗り、城を出発するとようやく抑えていた笑いを吐き出す、
随分と苦々しいものになってしまったが。

今思い返しても、あれはなかなか気まずい場面だっただろう。

「あれがあの女の本性だ。あまりかかわりたくないものだ。本当に陛下はあの女を王妃にするつもり

なのか、務まると思っているのかはなはだ疑問だな」

呆れを含んだ溜息が聞こえてきて、何と言葉を返していいか分からなかった。

「どちらにせよ、俺たちには関係ないことだ。あのザッカリーという男には同情するがな」

「そうですね」

アメリアは国王との結婚も決まっているし、ザッカリーも邪険にされながらもそれを受け入れるのだろう。

他人が下手に首を突っ込むものではないだろうし、そこは成り行きに任せるべきだ。

「図書館を楽しもう」

ここは気を取り直そうと言うアシェルの言葉に大きく頷く。

「はい！　楽しみです！」


図書館は背の高い建物で、階を突き抜ける螺旋状《らせんじょう》の階段がホールの真ん中にそびえ立ち、壁にはびっしりと本が並んでいる。

六階までは図書室。

階段を登り切ると最上階に出ることができ、そこはステンドグラスの壁が天井まで延びている大広間になっていた。

日が差すと、色とりどりの光が部屋を照らし、見上げるだけで荘厳な光景が広がっている。

というのが、ゲーム内での知識だが、実際に見てみると外観だけでも圧倒された。

建物自体は古いもので、壁には蔓《つる》がびっしりと張り付いている。

「うちの国の図書館とは随分と雰囲気が違うな」

言うなれば、これは塔だ。

外からだけでは図書館だとは誰も思わないだろう。

「ここはもともと図書館としてつくったのではなく、昔の王様がより高い場所で星空を眺めるために建てたものらしいですよ」

それがいつしか使われなくなり、どこかの貴族が買い取ったあとに自分の図書コレクションを保存するために改築したのだと聞いている。

「最上階にあるステンドグラスもそのときに入れられたらしいです」

貴族が亡くなったあとは一般に開放し、いつしか最上階は憩いの場になったのだそうだ。

「随分と詳しいな」

「この国の侍女たちに聞きました。あそこでプロポーズをする人も多いのだとか」

そういう話が大好きなオリヴィアは侍女たちと、随分と話が弾んで一緒にキャーキャーとはしゃいだ。

アシェルと一緒に行きたいと思えたのもそのときだ。

「では、さっそく入ってみましょうか」

護衛が守る図書館の扉を開けると、鼻腔《びこう》に本の匂いが飛び込んできた。

この匂いが好きなオリヴィアは、すぅっと大きく息を吸う。

「一階からゆっくり見ていきましょうか」

声を潜めてアシェルに耳打ちした。

事前に人払いと危険物の探索を済ませてくれているので、ゆっくりと見ることができる。

気になるタイトルの本を手に取り、さらりと読んでは目当ての最上階へと向かっていった。

六階分の螺旋《らせん》階段を上るのはなかなか骨だったが、辿り着く先に待っているものが心を打つ光景だろうという期待が足を軽くする。

最上階へと抜ける最後の一段を上ると、オリヴィアの目に飛び込んできたのは想像よりも遥《はる》かに色鮮やかで、キラキラと美しく煌《きらめ》く世界だった。

ステンドグラス部分にも蔦《つた》が這っているので元来の明るさや色の鮮やかさは損なわれているが、逆にグラスの造形の美しさがよく見える。

「これはたしかにロマンチック……」

プロポーズの場に選ばれる理由が分かるというものだ。

こんなところで求婚されたら、その気がなくとも頷いてしまうかもしれない。

感動し目を輝かせていると、ふとアシェルがこちらを見ていることに気付く。

彼もオリヴィアと同じようにこの光景を楽しんでいるかと思いきや、アシェルの興味はこちらにあったようだ。

「なんですか？　……もしかして、私、はしゃぎすぎですか？」

子どもっぽかっただろうかと肩を竦めると、彼は首を横に振った。

「いや。ただ、もしかしたらお前もこういうところでプロポーズを受けたかったのではないかとふと思ってな」

私？　と首を傾げた。

プロポーズと言っていいのか分からないが、結婚が正式に決まったのはアシェルの部屋だ。

そこからとんとん拍子に決まって、あっという間に結婚をしたので、言われてみればプロポーズらしいものをされてはいないかもしれない。

かといって、特に憧れのシチュエーションなどはなく、すれ違って嫉妬からの仲直りの勢いでの告白もなかなかよかった。

あれはあれでいい思い出なので、何も文句はない。

「私は特に、そういった願望はありませんが……」

「だが好きだろう、こういう場所」

「そうですね。好きです。でも、プロポーズは特に理想はなくて。まったく他人の男女が互いを好きになって一生を共にする約束をする。もうそれだけでロマンチックですから」

たとえ、場所がどこであってもオリヴィアは幸せに包まれた。

これ以上ないくらいに嬉しかったのだから。

「お前は、自分に関しては欲がないな」

らしいと言えばらしいが、とアシェルはフッと笑っていた。

「もし、お前がよければここでしていいか？　プロポーズ」

「え！　ほ、本当ですか？」

もう結婚しているが、こんな素敵なシチュエーションを選んでしてくれるのは嬉しい。

断るわけがなかった。

アシェルがスッと目の前で跪《ひざまず》き、オリヴィアの左手を取る。

真っ直ぐに愛を込めた目で見つめてきて、この胸はドキドキと煩《うるさ》いくらいに高鳴った。

「オリヴィア、俺の唯一無二の最愛の人。ときおり我慢が利かなくなる俺だが、面倒くさい男でもあるが、どうか一生を共にしてくれないか。生涯に亘りお前の隣を独占する許しを、どうかこの俺に」

指輪が光る、左手の薬指にキスを落とす。

結婚式のときの誓いのキスと同じくらいにロマンチックで、感動的で、理想的。

アシェルの美しさと背景の美麗さが相俟《あいま》って、こんな幸せなことが二度もあってもいいのかと泣いてしまいそうだった。

「それで、返事は？」

「決まっているではないですか！　一生私の側にいてください！　勝手にどこかに行ったら許しませ

んから！」

アシェルに抱き着く。

（あぁ……やっぱりここに来てよかった）

実物を見てみたいという理由だけでここを選んだが、まさかアシェルがこんな嬉しい思い出をさらにくれるなんて。

またここが思い出深い場所になった。

「ここで誓いのキスもしておくか？」

「……それはとてもいい提案ですね」

ロマンチックなプロポーズにロマンチックなキス。

ドキドキが止まらなかった。

アシェルの目が細められ、ゆっくりと唇が近づいてくる。

その様子を見つめながら、オリヴィアは薄っすらと唇を開いた。

「失礼いたします」

しみじみと感動を味わっていると、螺旋階段から護衛のひとりがひょっこりと顔を出してきた。

小さく「チッ」と舌打ちが聞こえてきたかと思うと、アシェルはすぐに顔を上げる。

一方オリヴィアは顔を上げられない。

護衛に見られていたかもしれないかと思うと恥ずかしくなり、苦し紛れにアシェルから離れようとした。

　ところが、そんなオリヴィアの腰に手を回してその場に留めたアシェルは、護衛に何ごとかと投げかける。

「どうした」

「実は、この図書館の持ち主が挨拶をしたいとおっしゃっています。いかがなさいますか」

（ここの持ち主！　ぜひ会ってみたいわ！）

　貸し切りを許可してくれたのだ、ここはちゃんと会ってお礼を伝えなければ。

「構わない。通せ」

　その気持ちはアシェルも同じだったようで、面会の許可を出していた。

　護衛はすぐさま図書館の所有者のもとに許可が出たことを伝えに出ていく。再び現れるまでに恥ずかしいので少し離れておこうとアシェルの手を外そうとしたが、逆におしおきとばかりに耳を食《は》まれてしまう。

「そろそろ慣れたらどうだ。お前だけのアシェルだと見せつけるいい機会だろう」

「誰かれかまわず見せつけたいわけでは……」

　肩を竦めてさらに恥ずかしい状況に悶えていると、護衛が所有者を連れて戻ってきた。

「さ、先ほどぶりです、おふたりとも～」

「ザッカリー様？」

すると、城で会ったときよりも少々朗らかな雰囲気になったザッカリーが姿を現す。

意外な人物の登場に、驚きを隠せなかった。

「突然申し訳ございません。ただ、おふたりが出掛けると先ほど言っていたのを聞いて、もしかしてここかなと思ったのです。クズェンストリア国の方が貸し切りにすると言っていたのを思い出したので、よかったらご案内できればと……」

それで追いかけてきたのだとザッカリーは言う。

「もしかして、ザッカリー様がここの持ち主なのですか？」

「そうです。と言っても、最近買ったばかりですので、僕もまだ実感はないのですが……シシシ」

竦めた肩を揺らしながら笑う姿は、先ほどアメリアに責められて泣きそうになっていた人とは思えなかった。

ザッカリーはたしかに彼女が言うように、あまり人付き合いが上手くなく喋りもつたない。暗い雰囲気を纏っているが、顔の作りは攻略対象者の例に漏れずとてもいい。

前髪が長いので目元が見えにくいものの、その下には美しい顔が隠されている。

猫背を矯正して、髪の毛も切り、はきはきと話せばもっとたくさんの女性を魅了できただろう。

だが、それがいいのだと言うゲームユーザーもいた。オリヴィアもそれは共感できる。

「アメリアがここが好きだから買ってほしいと言ってきたんです。いつでも使えるようにしておきたいとお願いしてきたので、僕が買い上げました。ちょっと高い買い物でしたが」

（どうしよう……こんなに献身的なのに何ひとつ報われていなくて、聞いているだけで居た堪れなくなってしまう）

オリヴィアと同じように、アメリアもゲームで登場したこの場所を気に入っていたのだろう。そして、いつでも好きなときにイベントを起こせるようにとザッカリーに買わせたというところだろうか。

それにしてもこんなに大きな図書館だ、二束三文ではないはず。

さらに蔵所も含めるといったいいくらになったのか。

ただ好きでいつでも使いたいからという理由で買わせるなんて、予想以上にアメリアの身勝手ぶりが酷いようだ。

「お前はあの女にあんなに蔑ろにされた挙句、嫌われてもいる。分かっているだろう」

アシェルの遠慮のない言葉にギョッとし、慌てて彼の口を手で塞ごうとする。

躱《かわ》されてしまったが。

だが、こんなはっきりと「嫌われている」と言わなくてもいいではないか。これ以上ザッカリーを追い詰めないでほしいと目で訴えた。

「……わ、分かっています。彼女の目には僕なんか映っていない。僕がどれほど尽くそうとも意味はない。僕が彼女を好きでいても、迷惑になるだけです」

アシェルの言葉を真正面から受け止めたザッカリーは、もうそこは理解できているのだと穏やかな顔で言う。

不毛であると知っていると。

「でも、僕、昔からアメリアのことが好きだったんです。あの子の兄の友だちとして近くにいたときからずっと、ずっと……」

ザッカリーがここまでアメリアに尽くすのは思慕の感情だけではない。

今は亡き親友から、自分に何かあったらアメリアを頼むと託されているからだ。

だからこそ、路頭に迷っていた彼女に手を差し伸べ、援助した。

ここで自分が娶《めと》るという考えに至らなかったのも、ザッカリーのその性格ゆえだ。

自分に自信がなく、アメリアは他の男性と一緒に居た方がもっと幸せになれると考えたから。

このまま彼女の幸せを見届けられれば十分なのだと、彼は嬉しそうに、でもどこか寂しそうに話をした。

「まぁまぁ、僕の惨めな恋の話など聞いてもつまらないでしょう。図書館についてお話しさせてください」

こちらです、と小さく手招きされたので、アシェルとふたりで彼についていった。

「ここを買ったとき、実はあそこのステンドグラスだけ入れ替えたんです。……フフ……ぼ、僕の粋な計らいというやつですよ」

あそこと指された箇所を見ると、たしかにそこだけ新しいものになっていた。

床から天井付近まで一枚の絵になっている。

「これは、愛の女神ミシリスか」

「そうです~。さすがアシェル殿下、よく分かりましたね」

天から降臨し、愛の加護を与えるミシリスを描いたものだ。

「この前に立つと、ミシリスから愛の加護を与えられているシーンに見えるようになっているのです……シシシ」

元よりプロポーズの舞台として選ばれている場所だったので、こういうものがあったらさらに人気になるのではないかと思い、作らせたのだという。

「もちろん、恋人同士だけではなく、僕のように恋に悩んだり苦しんだりする人のためにもつくりました。ミシリスは特にそのような者に奇跡の力を与えると言われていますから」

時には恋に惑う者に力を与えたり、時には恋に興味がない者にも力を与えたりと、全力で恋愛を応援し、恋をして幸せになってほしいと願う女神だと設定集に描かれていた。

(もしかして、私の相関図が見える力も、ミシリスが!? ……なんてね)

実際はそういう加護を持っているという話だけで、それが発現したことはゲームの中でもない。

この世界でも、神話のひとつとしてあくまで信仰しているというだけだ。

関係ないだろうと思いつつも、何かしらの縁を感じてしまう。

「それとこちら。女性の方に喜んでいただけるようにと作りました。ほら、ここ。心身共に美しさを兼ね備えた女性の前に現れるという、聖獣《せいじゅう》オリニクスのレリーフです」

「オリニクスの⁉」

オリヴィアの興味が一気に惹かれていった。

こちらも神話に登場する生き物だが、実はゲームの中ではリリアナの夢に出てくる。

オリニクスが恋をしなさいと告げた夢を見たことで、彼女は貧しいながらも社交界に出ることを決意したというエピソードがあった。

「わぁ〜！　可愛い！」

「そうでしょうそうでしょう。手のひらサイズだなんて、いかにも女性が好みそうな感じであざとい聖獣ですよね」

言い方には棘《とげ》があると思ったが、これがザッカリーなりの誉《ほ》め言葉なのだろう。

隣でニコニコと見ていた。

アシェルは興味がないのかレリーフは一切見に来ず、レリーフを見てはしゃいでいるオリヴィアを少し離れたところから見ていた。

「これもアメリア様に頼まれたのです？」

「いいえ。これは僕の意志でつくったものです。オリニクスが大好きなもので……ヒヒ……フフフ……」

そう笑うザッカリーの顔は少し引き攣っていた。

どうしたのだろうと気にしていると、ぶつぶつと小さな声で呟き始める。

「……愛の女神ミシリスよ……僕に愛の加護を……聖獣オリニクス……僕に美しい人の純愛を守る力を……どうか、どうか……」

「ザッカリー様？」

何か様子がおかしい。

先ほどまで笑っていたのに、だんだんと顔面が白くなっていっている。

「大丈夫ですか？」

気遣う言葉を掛けた瞬間、ザッカリーがこちらに手を伸ばしてきた。

そして、首に腕を回して後ろから捕らわれる。

だが、右手も掴まれた感触がして、オリヴィアは混乱した。

「う、うううう動くなぁ！」

耳元でザッカリーが叫ぶ。

ひやりとしたものが首元に押し当てられ、そろりと視線を下げると鈍い光を放つナイフがあった。

この美しい景色に不釣り合いなそれが、自分の首に当たっていると知り、オリヴィアは血の気が引く。

けれども、視界の端に誰かが自分の手を握っている光景が入り、手の主に視線をやる。

アシェルだ。

彼がザッカリーに捕まる直前に、オリヴィアの手を掴んでくれたのだろう。

おかげで引いていった血の気がスッと戻ってくるのを感じた。

「ちょ！　ちょっとぉ！　ここは僕が華麗にオリヴィア嬢を人質にする場面でしょうが！」

「馬鹿なことを言うな。誰がそうさせるか」

「離してよ！　これじゃあ、ちゃんと交渉できないじゃないか！」

「断る」

状況としてはザッカリーがオリヴィアを人質にしようとしたらしい。

けれども、アシェルがオリヴィアの手を掴んでしまい中途半端な状況になったため、まずは本交渉の前に手を離すかどうかの押し問答が始まった。

「だが、一応要求は聞いてやる。言え。何が望みだ」

決してオリヴィアの手は離さないが、話だけは聞いてやると寛容な姿勢を見せた。

ザッカリーを下手に刺激しないためだろう。

人質交渉は引き換え条件で犯人と渡り合うと聞いた。

突如、ザッカリーがナイフを取り出したことでアシェルの頭に血が上ってしまうかと思ったが、案外冷静なようだ。

「こ、これ。これを君が飲むんだ」

ポケットから小さなビンを取り出し、アシェルに渡していた。

透明な液体が入っていて、飲めと言うことからして何かしらの薬なのかもしれない。

もちろんアシェルはそんな怪しいものを安易に口にするはずがない。

訝しみ、ビンをじっくりと見つめたあとで眉を顰めた。

「これはなんだ」

「大丈夫。飲んで死ぬようなものじゃないよ」

「だが、何かしらの作用があるから飲ませたいのだろう」

「そうだけど、教えたら君、飲んでくれないでしょう？」

だからオリヴィアを人質に取ったんじゃないかと呆れたように言うザッカリーに、アシェルが苛立ちを覚えたのが分かった。

(あぁ……相関図が『潰す』になっている)

彼に興味がなかったので今まで灰色の矢印だったが、真っ黒なものに変わってしまった。

さらに文字もひとつだけだったものが、ザッカリーが話すたびに罵詈雑言《ばりぞうごん》が増えていく。

冷静かと思ったが、ひた隠しにしていただけだ。相当頭にきていたらしい。

「言え」

「ひぃっ！」

額に血管が浮かび、歯を剥き出しにしながら威嚇するアシェルは、ザッカリーでなくとも叫び出したくなるほどに恐ろしかった。

一番怖い状況に置かれているのはオリヴィアだというのに、ザッカリーが震えている。

おそらく、これは緊迫する状況のはずだ。

けれどもどうにも締まらず、自分は本当に人質なのかと頭をひねってしまう。

「……それは、その……記憶をなくす薬だよ。僕が、その、ちょっとした興味本位で……東洋の国から取り寄せたもので……」

よほどアシェルの脅しが利いたのだろう。

観念して薬の正体を話してくれた。

（それって、ゲームの中でザッカリーがアメリアにつかったものだわ）

ここでこれが登場するとはと、改めてビンの中の薬液を見た。

「俺の記憶を失くしてどうする」

「さぁ、それはアメリアが何かしらするんじゃないかな。僕は知らないよ」

そう言ってザッカリーは不貞腐れたようにそっぽを向く。

「ということは、またアメリアに頼まれてこんなことをしているのか？」

「そうだよ。さっきアメリアとこの薬をアシェル殿下に飲ませることができたら、僕のことをもっと大事にしてくれるって約束したんだ。今回の式典にもあの子の後見人として出てもいいって言ってくれたし、これからもっと会ってくれるって」

よほどその言葉が嬉しかったのだろう。

話しながら思い出しただけで嬉しそうにしていた。

「悔しいけど、ムカつくけど、君はアメリアのお気に入りなんだ。どうしても手に入れたいから協力してって僕におねだりするくらいに。だから、絶対に叶えてあげなくちゃ……」

一度、リリアナの真似をしてアシェルを堕としにかかったようだが、まったく相手にされなかったことがよほど腹に据えかねたのか。

それとも、面倒なことは省こうと考えたのかもしれない。

ザッカリーが持っていた薬をアシェルに飲ませ、記憶を失くしたのちに自分が恋人であると擦り込もうとしたのだろう。

（漫画とかアニメとかでライバルがよく使う手……！）

アメリアがあまりにも悪女然とした行動ばかりを取ってくるので、別の意味でドキドキしてきた。

本当に上手くいったら有効な手かもしれないが、アシェルに怪しい薬を飲ませるのはなかなか至難の業のはずだ。

しかも、実行役はザッカリーでは、なかなか頼りないのではないだろうか。

「くだらん。俺がその薬で記憶を失くしたとしても、あの女に惚れることは絶対にない」

アシェルもくだらないと鼻で笑い、無駄なことだと切り捨てる。

「な、なんでさぁ！」

「あの女は性格が悪い。人を平然と利用して、都合の悪いときには切り捨てる。お前がこんなことをしているのを見てますます嫌悪感が増した。おそらく記憶を失ったとしても本能が受け付けないだろうな」

むしろこんな扱いを受けてもまだ好きでいられるザッカリーの神経を疑うとまで言ってきた。

あまりにも直球過ぎて、ザッカリーが受け止め切れずに涙ぐんでしまう。

まるでいじめられっ子のようだ。

オリヴィアも堪らず参戦することにした。

「あの、ザッカリー様。たとえそうなったとしても、アメリア様が貴方を大切にするとは思えません。だって、これまでずっと尽くしてきても、大事な場に呼ばれなかったのでしょう?」

ザッカリーの盲目で不毛すぎる恋に、口を挟まずにはいられなかった。

「え? ……そうかなぁ? そう思う?」

「ザッカリー様の献身は尊く立派なものですが、そろそろご自分の幸せを考えてもいいのではないでしょうか。大切にしてくれる他の人を探してもよろしいかと」

アメリアの幸せを願っていると言いながらも、自分が報われる可能性を捨てきれないのだろう。

オリヴィアの言葉にグラグラと揺れていた。

「……でも、僕、本当にアメリアのことが大好きなんだ。ずっとずっと大好きで、大好きで。今さら他の女性に目を向けるなんて、できないよ」

他の人なんて考えられないという気持ちは痛いほど分かった。

どんな状況になっても愛しぬく。

オリヴィアもアシェルに対してそう思っているし、他人に「他の人にしたら?」と言われて安易に頷けない気持ちも分かった。

幸せの形は千差万別。

利用されるだけの不毛な恋でもいいと本人が思っているのであれば、オリヴィアに説得するすべはない。

逆に下手に口を出してしまって、申し訳なくなった。

「すみません。私、勝手なことを言ってしまって」

「いいんだよ……それだけ僕が馬鹿な恋をしているってことなんだから」

ふたりでしゅんとしてしまった。

「——お前という男は、度し難い馬鹿だな」

大きな溜息とともに、アシェルの怒りを孕んだ声が聞こえてくる。

顔を顰め、いい加減うんざりするといった顔をしていた。

「ここまで言われてあの性悪が好きだと言うのなら、その想いは本物なのだろう。そのくせ尽くすだけでいい？　無償の愛のつもりか？」

「だだだ、だって、僕、嫌われているし……」

「だからどうした。嫌われていても何でも、ほしいと思ったら諦めるな。手を伸ばせ。ほしいなら奪えばいい」

「アシェル！」

なんて物騒なとオリヴィアは声を上げたが、彼は冗談でも何でもなく、至極真面目に言っているようだった。

「己を犠牲にした献身は美しい。だが、ぬるま湯である。『犠牲』という盾がある限り、深く傷つくことはまずないからな。言い換えれば臆病者だ」

自己憐憫《れんびん》にも浸ることができる、ある意味楽な生き方。

アシェルは自分の過去のことも含めてそう言ったのだろう。

彼もまた、自分を犠牲にしてイーノクを守ってきた。

その役割に徹することで、余計な感情や煩わしい環境を排除し、余計な欲を生まないようにしてきたのだから。

異様にザッカリーに苛立つのも、自分に重なる部分があるからなのかもしれない。

同じような過去を持っているからこそ、「度し難い馬鹿」と吐き捨てた。

「他人のためにしか生きられない人間は、真に欲しいものは手に入れられないんだ。別にいいと口では言っておきながらも、恨みがましい目で見つめることしかできない」

厳しい言葉ながらも、これはアシェルなりの鼓舞だ。

諦めるなと言いたいのかもしれない。

「いいか。恋なんてものは勝手に転がり込んでくる方が稀だ。なりふり構わず掴みにいかなければ、大事なものは手に入らない」

ごくりと唾を呑み込む音が聞こえてきた。

アシェルの真摯な言葉に、ザッカリーも惑っているようだ。

「お前はどうしたい。本当はどうしたいと思っているんだ」

「……僕は」

「自分の将来を思い浮かべたとき、どんな姿を想像する。アメリアにこけにされ、報われないと分かりながらも自分を犠牲にし続けている姿か、それとも他人を犠牲にしてでも幸せを掴んだ姿か。どっちだ」

アシェルはゆっくりと近づき、ナイフを持ったザッカリーの腕に手を置いた。

「どちらの自分になりたい」

他人のために愚かになるか、自分のために愚かになるか。

ここで選べと詰め寄った。

ザッカリーはアシェルの顔を見ながら、呆然とする。

葛藤を続けているのだろう。

瞳が揺れ動いている。

「僕は……」

「お前は？」

先ほどより力が抜けてきたザッカリーの腕を掴み、ゆっくりと下げるアシェルは、答えを促すように目を細めた。

「……僕は、幸せに……なり、たいです」

「そうか」

完全に気が抜けてしまったザッカリーは、オリヴィアの首から腕を外す。

すかさずアシェルがナイフを手から取り、安全を確保したうえでオリヴィアを抱き寄せた。

「なら、自分を幸せにしろ」

「……はい、そうします」

「自分でほしいものを掴みに行け」

「はい！」

ビシっと背筋を伸ばしたザッカリーは、敬礼をして活きのいい返事をする。

目がキラキラとしていて、もう陰気とは呼べない姿だった。

「僕、やります！　やってやります！　僕だって男だ……やるときはやるんだから……フヒヒ」

よく分からない流れだったが、穏便にことが済んでオリヴィアはホッと胸を撫で下ろした。

ザッカリーはぷつんとキレるときは本当に唐突で、しかも危険なことをしでかすキャラだ。

一時は流血沙汰もあり得ると不安だったが、上手く収まって何よりだ。

「それで、心は決まったか？　もう俺たちには用はないな」

「はい！　おかげさまでスッキリしました！」

「それはよかった。なら、次はこちらのけじめをつけてもらおう」

「……へ？　けじめ？」

ザッカリーが何のこと？　と首を傾げる。

「お前がどんなに可哀想な奴でも、オリヴィアにナイフを向けたことは万死に値する」

「え？　え？　でも、傷つけてないし、すぐに離したし！」

「関係ない。オリヴィアを人質にすると考えただけでも業腹だ」

「ごごごごごごめんなさぁいっ！」

叫び声が図書館に響く。

最終的に、アシェルの拳ひとつで許されたザッカリーはワンワンと泣きながらもどこかスッキリとした顔をしていた。

「悪いがオリヴィア。デートはここまでだ」

「どこかへ行くのです？」

オリヴィアが首を傾げて聞くと、アシェルはにやりと不敵な笑みを浮かべた。

「あぁ。ここでちゃんと決着をつけておかなければな」

◇◇◇

その扉が開かれたのは、図書館から帰ってきて二時間後のことだった。

ゆっくりと開かれた先にいたのはアメリア。

「ザッカリー。上手くやれたのでしょうね」

上機嫌な様子で部屋の中に入ってきた。

「――上手く、とは何をだ？」

ところが、アシェルの声が聞こえてきてぎょっとする。そしてオリヴィアの存在も確かめ、そのあと可哀想なほどに、青褪めた。

「あ、アシェル殿下……どうしてここに……？」

「図書館でザッカリーと気が合ってな。それでここに招かれたんだが……俺がいては何か不都合が？」

「不都合だなんて、あるわけありませんわ」

ウフフと笑って誤魔化しているが、口元が引き攣っている。

まずい状況だとアメリアも分かっているのだろう。アシェルと目を合わせない。

代わりにザッカリーをギリッと睨みつけていた。

「そうか？　俺は随分と面白い話をザッカリーから聞いたんだがなぁ。なぁ、ザッカリー」

「う、うん。そうだね、アシェル君」

ニヤニヤと嬉しそうにしているザッカリーを見て、アメリアのこめかみがぴくぴくと震える。

彼女の怒りの矛先はオリヴィアにも向けられ、どういうことかと睨みを利かせた視線を向けてきた。

だがオリヴィアも苦笑いをするしかない。

この場所は、アメリアを弾劾するために用意されたのだから。

ここからが本番だ。

「ザッカリーを使って俺を手に入れようとしたらしいな、アメリア。薬を使って記憶を消すようにと命じたとか」

「……そんなこと命じた覚えはありませんわ。誰がそんなことを？」

「もちろん、ザッカリーだ」

アシェルが答えると、途端にアメリアは眉をハの字にして目を潤ませた。そして、顔を手で覆い、すすり泣きをし始める。

（……明らかなウソ泣き）

女の戡というのだろうか、それとも経験か。

オリヴィアにはアメリアが泣いている真似をしているだけだと分かるが、ザッカリーは簡単に騙されてしまう。

「あぁ、泣かないでアメリアぁ」

本当に泣いていると思い、近づいて彼女を宥める言葉をかけていた。

「酷いわ、ザッカリー。アシェル殿下にそんな嘘を言うなんて。私が怒鳴ったからなの？　だから意地悪して嘘を言ったのね？」

「ごごごめんよぉ……。でも、僕、う、嘘を言ったわけじゃなくて……」

慌てながらもザッカリーは首を横に振り、自分は嘘は言っていないと主張する。

けれどもアメリアは耳を貸す様子はなく、自分勝手に言葉を並べたてた。

「私、貴方にそんなことを言っていないわよね？　ザッカリーが勝手にしたことでしょう？」

「え？　……うぅん……でも……」

「私を助けて、ザッカリー。お願い。私の無実を証言してよ。貴方しか頼れないの」

「……僕しか……？　アメリア……」

（あぁ！　ザッカリー！　ダメよここで揺らいでは！　このままではいつもの通りにアメリアに利用されて終わってしまうわ！）

オリヴィアは拳を握りながら心の中で応援する。

「――ザッカリー」

「は、はい！」

ところが、そんな聞こえもしない応援よりも、アシェルの圧のあるひと声の方がザッカリーには効いたようだ。

先ほどまでアメリアに心が傾いていた彼は、ピシッと背筋を伸ばした。

そして、勇気をふりしぼるように両手を握り声を張り上げる。

「僕は！　僕は嘘なんか言っていないよ！　君にアシェル殿下を手に入れたいから手伝ってほしいっ

て言われたんだ。記憶を消す薬を使って記憶を消して来いって言ったのは、アメリアじゃないか」

今度こそ流されず、自分の主張を口にする。

その姿は、決してアメリアが言うような陰気なものではなく、むしろ立派と褒めたたえられるものだった。

アメリアもザッカリーが逆らってくるとは思っていなかったのだろう。

目を丸くして言葉を失っていた。

「僕は、君のためにやったんだ！　……し、失敗したけれど。でも、君がお願いしなければこんなことしないよ！　僕は嘘を言っていないよね？　ね？」

さらに追い打ちをかけられて、アメリアは気圧《けお》される。

だが負けたくないのか、懸命に唇を食いしばり睨み付けていた。

「アメリア、ちゃんとアシェル殿下に謝罪しよう？　その方がいいよ—」

話せばわかる人だからと説得しているが、アメリアは徐々に顔を歪める。

見る見るうちに形相が怖いものになりオリヴィアは無意識に息を呑んだ。

「そもそも、彼はもう妻帯者だ。君だって国王陛下の婚約者だろう？　それなのに手に入れるとか堕とすとか、そ、そんな不埒なことを考えちゃだめだよ！　もう結婚するんだから！」

「だって！　だって、アシェルは！　アシェルは私の運命の人なの！」

とうとうアメリアが叫び出す。

イヤイヤと首を横に振り、駄々をこねるようにして。

「私がアシェルと結ばれるはずだったのよ！　あとは出会うだけだったのに！　それなのに、あの女が私のアシェルを横取りしたんだから！　ずるをしてかすめ取ったんだもの、取り戻して当然でしょう⁉」

オリヴィアを指して喚《わめ》くアメリア。

まるで子どものように自分のせいではないと訴え続けていた。

それを見たアシェルは眉間に皺を寄せながら顔をオリヴィアに近づけてくる。

「もしかして、この間お前が言っていた『どこぞのアシェル』の運命の人とやらが、この女って言いたかったわけじゃあるまいな」

「えぇと……」

「冗談だろう？　この女を選ぶその『どこぞのアシェル』の趣味を疑う」

顔を顰め、大きな溜息を吐いた。

「念のために言っておくが、『お前のアシェル』は趣味がいいからな。お前以外の女には目にもくれない」

「はい。そうですよね」

もう疑いませんと微笑むと、アシェルはこつんと頭を寄せてきた。

「ちょ、ちょっと！　私が真実を話しているときにイチャイチャしないでよ！」

アメリアは憤慨し、地団駄を踏む。

人の話を聞けとなおも喚いていた。

「お前の戯言に興味はない」

ところが、アシェルは聞く必要はないと一蹴する。

それがますますアメリアの怒りに油を注いだ。

「アシェルはその女に騙されているの！　その女はずるして貴方の心を堕としたんだから！」

「ほぅ……なら、オリヴィアがどんなずるをしたと言うんだ？　それだけ聞いてやる」

ようやくアシェルの関心を引けたことが嬉しかったのか、アメリアはパッと顔を明るくして近寄ってきた。

「あのね、アシェル。本当はね」

「アメリア様？　いったい何を言うおつもりです？」

今度はオリヴィアが焦る番だった。

ふたりの間に入ろうとしたが、その前にアメリアが勝利を確信したような笑みを浮かべる。

「オリヴィアは人の相関図を見る能力を持っているの。それを使って人を操っているのよ。もちろん、貴方のことも」

アシェルを堕とせたのも、こんなにアシェルがオリヴィアに夢中なのもそれを使っているからだとアメリアは説明していた。

その光景を見ながら、オリヴィアはどうしたものかと頭を悩ませる。

今さらこの真実で彼の愛が曇ることは心配していない。

だが、相関図を見る力を説明するには、オリヴィアが前世の記憶を持っていることも説明する必要があるだろう。同時にここが乙女ゲームの世界であることも。

そんなことを話したら、アシェルに頭がおかしくなったと思われるかもしれない。

もしかしたら、それでは終わらず治療のためだとどこかに閉じ込められてしまうこともあり得る。

ここは慎重に説明しなければ。

「分かります？　彼女は誰と誰がどんな関係かお見通しなわけ」

そう思いつつも、勝手に説明を繰り広げるアメリアの勢いは止まらない。

「だからね、アシェルの心を掴んだのも、こうやって私を断るように仕向けられたのも……」

「なるほどな。だから、あんなにも人の心の機微に敏感だったのか？」

「そうなの。なかなかずるい力を持っているでしょう？　それを使って操るなんて酷い話よね。こんなに酷い人だなんて、ショックよね……可哀想なアシェル……」

賛同を見せてきたアシェルに、もう一押しとばかりに再び涙を浮かべて泣き落としにかかる。

さらに腕に寄りかかろうとしてきて、アシェルはサッと避けていた。

「触るな！」

睨みつけ、アメリアを威嚇する。

「お前が言っていることの真偽は不明だ。だが、万が一本当だったとしても、オリヴィアは力を悪用して誰かを操るような真似をする人間ではない。お前と違って善良な人間だ」

「わ、私と違ってってどういう意味よ！」

「オリヴィアがそんな力を持っていたら、いいことに使うだろう。私利私欲ではなく人を助けるために。そういう人間だ。お前と違ってな」

迷いもなく、曇りもない。

そんなアシェルの言葉にじんと胸が熱くなる。

最初に会ったときは彼もアメリアと同じような疑いを持っていた。リリアナを裏で操っているのではないかと。

けれども、オリヴィアという人間を知って、愛し合って、たとえそんな能力があるとしても悪用はしないと信じてくれている。

それが感慨深いというか、感動というか、言葉にできないものが込み上げてきた。

「……あの、アシェル。ありがとうございます」

彼の服の袖を摘まんでお礼を言う。

「俺はお前にだったら操られてもいい」

するとアシェルはこめかみにキスをしてきた。

「ちなみに、本当にそんな力があるのか？」

「フフ……どうでしょう。でも、私たちの相関図が見えたとしたら、お互いに矢印が向かい合った両想いですよ」

それこそ、周りが見えなくなってしまうほどに大きな真っ赤な矢印で。

誰よりもラブラブな関係だと表記されていることだろう。

「お前のことをとことん知ったつもりだったが、まだ謎はありそうだな。これからたっぷり探ってやろう」

「望むところです」

「だから！　私を無視してラブラブしないでよ！　もう！」

ふたりで微笑み合っていると、アメリアが叫び声を上げた。

そして、空気が抜けたようにその場にへたりこむ。

「……なによぉ……ふたりで私を馬鹿にしてぇ。私は本当のことを言っただけなのにぃ……」

今度こそウソ泣きではないようだ。

本気でべそをかき落ち込んでいた。

そんな彼女に寄り添うのはやはりザッカリーだ。

一緒に床に膝を突き、背中を擦っている。

「分かっただろう？　もうどうやってもあのふたりの仲は裂けないんだよ」

「ザッカリー……」

「ここは大人しく謝っておこう？」

「でも、私……」

「うんうん。分かっているよ。今のアメリアの気持ち。僕だけが分かってあげられるんだよ」

そう言っているザッカリーの顔が恍惚としている。

この瞬間が何よりも幸せだとでも言うように。

「……ザッカリー……私、悔しい……どうにかしてよぉ……」

「うん。分かった。僕が何とかするよ。任せて」

泣きじゃくるアメリアを起き上がらせ、宥めながら椅子に座らせていた。

その様子をアシェルと顔を見合わせつつ見守る。

「こうやってここに来てもらったのは、アメリアがちゃんとアシェル殿下たちと仲直りできるようにするためだよ。ほら、お茶でも一緒に飲めば、打ち解けられるかと思ってさ」

「本当?」

「本当だよ。さぁ、お茶を飲んでまずは気持ちを落ち着かせて。そこから一緒に謝ろう?」

用意していたカップにお茶を注いだザッカリーは、アメリアにそれを差し出す。

ハンカチで涙を拭いたあとにカップを持った彼女は、ゆっくりと口をつけた。

「ザッカリー。俺たちは話し合いをするつもりでここにいるわけじゃない」

「まぁまぁ、アシェル君。そんなことを言わないでお付き合いくださいよ……フヒヒ」

付き合っていられるかと吐き捨てるアシェルに、ザッカリーは上機嫌で言う。

どうしたものかと考えていると、そのときだった。

「アメリア様……？」

何やらアメリアの様子がおかしいことに気付く。

お茶を飲みながらフラフラしている。

大丈夫かと声をかけようとしたところで、彼女は持っていたカップを落としてしまった。そしてそのまま気を失い、倒れ込んだ。

だが、床に落ちることなく、ぐったりとしたアメリアの身体をザッカリーが受け止める。

すると彼はアメリアが気を失ったことに慌てるでもなく、心配する様子もなく、ただ愛おしそうに見つめて微笑んでいた。

「……あ、あの……ザッカリー様？　アメリア様は大丈夫ですか？」

具合が悪くなったのかと心配して聞くと、彼は首を縦に振る。

「大丈夫です。薬が効いて気を失っただけですから」

「……薬？」

「はい。いろんなものを欲しがって、でも手に入れられなくて苦しんでいるアメリアを救う薬ですよ」

どういうことだろう？　と首を傾げていると、アシェルが先にザッカリーが言わんとしていることに気付いたようだ。

「お前、まさかさっきの薬を？」

眉を顰めたアシェルに、ザッカリーはうっとりとした顔を返す。

「恋は自分で勝ち取りにいかなければ、でしょう？　……フヒっ……僕もその通りにしました」

そう言いながら懐のポケットから取り出したのは空の小瓶。

少し前には薬液でいっぱいだったそれだった。

「ぜぇんぶリセットして、僕といちからやり直そうね、アメリア。大丈夫、ちゃんと僕を知れば心の底から愛し合えるから。……他の誰の目にも触れない場所でふたりきりで……フフ……フヒヒ……」

（たしか、ザッカリールートの最後は、アメリアに記憶を失くす薬を飲ませて、ふたりきりで遠いところで暮らす、だった……）

そして何よりアメリアが嫌がっていたエンドだ。

逆ハーエンドルートに突き進み、あわよくばアシェルを狙っていたアメリアが最後に行きついてしまった結末がこれとはなんという皮肉だろう。


三日後に執り行われた式典に、アメリアの姿はなかった。

表向きは体調不良ということになっていたが、薬のせいで記憶を失ってしまった彼女を表舞台に出すわけにはいかなかったのだろう。

あのあと、ザッカリーが「きっと婚約のプレッシャーでこんなことになってしまった」と国王に説明し、自分のもとで休養させるように進言していた。

それを国王が受け入れたために、アメリアは彼と一緒に領地に戻っている最中だ。

また元気になったら結婚式の話を進めようと国王は言っていたが、きっとそれは叶わない。

ゲームのシナリオ通りなら、記憶を失くしたアメリアはザッカリーに監禁され、洗脳されて頼れるのは彼だけだと信じ込まされることになる。

誰にも会うこともできず、誰とも話すこともできない、ザッカリーとふたりだけの生活。

何よりアメリアが恐れていた生活を送ることになるのだから。


数か月後、アシェルのもとにザッカリーから手紙がやってくる。

『僕、幸せです』

それを読んだアシェルは、フッと笑う。

「もう度し難い馬鹿ではなくなったようだな」

第五章

「本当に、本当にオリヴィアのおかげよ！　私がこうやっていられるのも、全部全部、オリヴィアが支えてくれたからなんだからぁ！」

「あぁ、そんなに泣かないで。せっかく綺麗にお化粧してもらったのに、落ちてしまうわ」

これから本番なのにと、泣きじゃくるリリアナの目元をハンカチでそっと拭う。

それでも感極まって零れる涙は止まらないらしい。

少し落ち着くまで一緒に座りながら待ち、涙が止まったらお化粧をし直してもらいましょうと促した。

「私、いつも思うの。オリヴィアがいなかったら、ここにいなかったし、今日という日を迎えられなかったって」

「私はいつも言っているわよ？　それは全部リリアナが頑張った結果だって」

「も～！　また泣かせること言わないでよぉ……」

再び、彼女の大きな目からぼろぼろと大粒の涙が零れ落ちた。

今日は、リリアナとイーノクの結婚式だ。

まだ結婚式は始まっていないのに、花嫁は親友の姿を見ていろいろとこれまでの思い出が蘇《よみがえ》ってきたらしく、とめどなく泣いている。

彼女の涙を見ていると、オリヴィアも涙を誘われてしまう。

たしかに、ここに来るまでの苦労はたくさんあったのだ。

リリアナなりの苦労も、オリヴィアなりの苦労も。

「リリアナ、私、恋ってするものではなくて眺めるものだと思っていたじゃない？　アシェルとのこともそうだったわ。でも、貴女が背中を押してくれた。今もずっと感謝しているの」

隣に座るリリアナの肩にこてんと頭を預ける。

「貴女は私が支えてきたと言うけれど、私も貴女に支えられてきたの。私こそ、リリアナがいなければどうなっていたことか」

鷹狩りに誘ってくれたこともそうだが、相談に乗ってくれたこともそうだ。

あのとき、リリアナと話さなければ、アシェルとの仲が拗《こじ》れてしまっていたかもしれない。

ヒロインの親友。

ゲームの中で割り振られていた役割だったけれども、それでもリリアナの親友になれてよかったと心から思う。

ヒロインだから、自分が生き残るためだから応援していたのが、いつしか「リリアナだから応援したい」という気持ちに変わっていた。

彼女がひたむきに頑張る姿は、気高く美しく、健気《けなげ》で可愛らしい。

「これからもよろしくね、リリアナ」

「私の方こそよろしくね、オリヴィア。ふたりとも幸せになりましょうね」

これはゲームで言う、トゥルーエンド。

幸せに暮らしました、めでたしめでたしというエピローグが入る恋物語だ。

けれども、ゲームのようにここで終わりではない。

これからも人生が続き、もっともっと幸せが満ち溢《みあふ》れていく。

「ヒロインの親友のオリヴィア」ではなく、「オリヴィア」の物語が続いていく。

アシェルと一緒に、ずっと。

◇◇◇

「別荘といっても、小さなお城みたいですね」

「実際、城としても機能していたみたいだ。大昔、あっちの国境から迫ってくる敵国から国を守るために防衛拠点として建てられたらしい」

なるほど、だからこんなにも立派なのかと合点がいった。

リリアナたちの結婚式が終わってから三か月後。

オリヴィアはアシェルとともに噂の別荘を訪れていた。

誘ってくれたのはアシェルからだ。

夏の避暑地として利用しないかと言ってくれたのだ。

『俺の思い出の地だ。……孤独に耐える日々を送った場所でもある。だから、お前と一緒に行って、その思い出を上書きしたい』

こんなことを言われたら、行くしかない。

それに、一応確認はしている。

『……その……念のために聞きますが……別荘に行って……その……』

『監禁する気はあるのかって？　大丈夫だ。そんな気はさらさらない。……今のところだがな』

含みを持たせた言い方が気になるが、きっと揶揄ったのだろう。

今さら監禁する理由もないだろうしと、喜んで別荘にやってきた。

現在はここを使う人はおらず、管理人と使用人数人で掃除をしていつでも使えるようにしている。

綺麗に保たれているおかげで、アシェルも当時のことを思い出しやすいようだ。

辺りを見渡しては懐かしそうに目を細めている。

「アシェルが昔いたときに使っていた部屋はどこですか？」

見てみたいとお願いをすると、二階の真ん中あたりにある小さな部屋に案内された。

「ここですか？」

王族が過ごす場所としてはずいぶんとこじんまりとしている。

大きなベッドを入れたら、それだけで部屋がいっぱいになって他の調度品を入れられないくらいだ。

もしかすると使用人の部屋ではないだろうか。

「狭いだろう？　本当は違う部屋が用意されていたんだが、あまりにも広くて居心地が悪くて替えてもらったんだ。今思うと、広い部屋は寂しく思えたのかもしれないな」

小さな身体に大きな孤独を抱えてやってきた、幼いアシェル。

広い部屋では音が大きく響き、空気がより寒く感じてしまう。

ぽつんと残された気がして怖くなる。

そんな気持ちを少しでも解消したいと願ったのだろう。

より辛くならないようにと。

「なら、昔この部屋で感じた孤独を上書きしておきますか」

アシェルの腕に抱き着いて、身体を寄せた。

「キスで上書きをしてくれないか」

「喜んで」

差し出された唇に、踵《かかと》を上げて背伸びをしながら自分の唇をくっつけた。

「では、次は最初に用意されたという大きな部屋で」

「今回の俺たちの寝室だ。行こうか」

手を繋ぎながら次の部屋に移動した。

キングサイズのベッドが小さく見えてしまうほどに広い部屋だった。

たしかにここでは寂しく思えても仕方がない。

「ここは、今上書きしなくとも、これから夜にたくさん上書きするだろう」

腰を抱き寄せられ、「さっそく今夜」と耳元で囁かれる。

いまだ平然と返せるほどに羞恥を捨てきれないオリヴィアは、「そうですね」と小さく返すことしかできなかった。

少し寝室で休んだのち、次はどこに行こうかと聞かれ、ふと噂の地下室を見たくなって提案した。

下見というわけではないが、万が一監禁されるとしたらどのような環境なのか知っておきたい。

一階まで下りて、食糧庫の隣にある扉を開く。

その先には階段があって、地下室に繋がっているらしい。

ランタンに火を点けて持つアシェルを先頭に、階段を下りていった。

「……本気でこんなところに私を閉じ込めようとしていたんですか？　真っ暗じゃないですか！」

ランタンの光がなければ、まさに一寸先は闇状態。

自分の指先すら見えないほどだ。

こんなところにオリヴィアを繋いでおこうなんて、よく考えたものだと文句を言いたくなった。

「もちろん、ランプは点けるし俺も一緒にいるつもりだった。ベッドも置く予定だったぞ？」

「そうだとしても私は無理です……こんないかにも幽霊が出てきそうなところ、無理」

せめて地上に上がってほしい。

ヤンデレになるとしても、そういうところへの配慮は忘れないようにしてほしいと願う。

「早く上に戻りましょう……」

これ以上怖くてここにはいられないと震えながらお願いをすると、彼はオリヴィアを抱き上げて地上に連れて行ってくれた。

その間、アシェルの首に抱き着いて必死に目を閉じる。

怖さを少しでも薄めたくて、アシェルのぬくもりに意識を集中させた。

「お前が暗いところが苦手だったとはな」

「うぅ……暗いところというか、幽霊が出てきそうなところは苦手です……」

ホラーも苦手だし、怪談話も得意ではない。

地下室とはいえ、あそこまで暗くて不気味なものだと思っていなかったので、大袈裟なくらいに怯えてしまった。

「これはどうやら上書きが必要なようだな」

「ぜひともお願いいたします」

ちゅ、ちゅ、と唇を啄まれ、少しずつ強張った身体が解れていく。

「……お前の怯えた顔、可愛いな」

「こんなところで嗜虐性《しぎゃくせい》を出さないでくださいませ」

「すまない。お前は本気で怖がっているのに……その、結構……キた」

ねっとりとしたキスをされたあと、欲情した目と視線がかち合った。

「アシェルはそういうところありますわよね。……怖いけれど、嫌いではないです」

「よかった」

「でも、たとえ私が悪くて懲罰的な意味があったとしても、あそこに閉じ込められるのは嫌。一緒でもです」

改めてあそこは嫌だと言うと、アシェルはククと笑って、「分かったよ」と頷いた。

「……あと、どうやら上書きがまだ足りないようです」

「ほう、それは問題だ。それならさらに濃厚な上書きが必要だな」

そう言ってくれるアシェルの耳元に口を寄せて囁く。

「ぜひとも、寝室で」


「……ぅン……ふっ……ううン……んっ」

寝室に雪崩れ込《こ》むと、さっそく壁に押し付けられて激しいキスをされる。

舌を絡ませ、口内のあらゆるところを蹂躙されて、それだけでぞくぞくと背中が震えて子宮が切なく啼いた。

掴まれて壁に縫い留められた手首が心地よく、この優しい強引さにドキドキする。

怖いけれど、奪ってほしい。

優しくしてほしいけれど、酷くしてほしい。

矛盾する心が、オリヴィアを苛《さいな》みつつも官能を高めていった。

「……ン……あンっ……はっ……あ、しぇる……私……」

「ん？」

どうした？　と優しい目がこちらに降ってくる。

「……ずっと、監禁したら嫌いになるって言ってますけど……ぁう……ンっ……多分、そうなっても、私……貴方を嫌うことはないと思います……ぅンっ！　そ、れだけは……お願い……誤解しないで」

抑止のためだとしても、嫌いなんて言葉を使うべきではないだろう。

それに今ではもう、これは嘘になってしまっている。

たとえ、アシェルがヤンデレを発動させて監禁してきたとしても、オリヴィアはそれを受け入れるだろう。

辛くて苦しい思いをするかもしれないが、それでもアシェルと一緒にいられるなら構わない。

そういう形でしか一緒にいられないとアシェルが思うのであれば、それを尊重するのもまたひとつの道かもしれないと思えたのだ。

「なら、ときおりお前を閉じ込めてみるか。ふたりっきりになれる場所で、誰もやって来ないところで、数日間ふたりきりになるんだ。使用人もいない、本当に俺たちだけの場所で」

スカートを捲り、性急に脚の間に手を挿し入れてきた。

下着をずらし、秘所に指を潜り込ませる。

焦らすなんてことはしない。

すでに潤いを得ているそこに指二本を根元まで咥《くわ》えさせ、膣壁をこねるようにねっとりとした動きで刺激してきた。

「俺がお前の世話をする。食事も着替えも風呂も、俺が全部。お前には俺しかいないと思える状況に置きたい」

「……今、だって……あぅ……私には、貴方だけ……あぁンっ！」

媚肉がきゅうきゅうと指を締め付ける。

その締め付けを楽しむように、アシェルは指を激しく動かしてきた。

ぐちゅぐちゅと卑猥な水音がオリヴィアの啼き声とともに部屋に響く。

「そこが俺の貪欲なところだな」

まだ十分解しきれない段階だが、これまで散々アシェルに愛されてきたオリヴィアの身体はそれでも受け入れられるほどに慣れ切っている。

それを知っているアシェルは指を引き抜き、オリヴィアの両脚を持ち上げ熱く滾った強直を膣に差し込み奥まで穿った。

「あぁっ！」

足が宙に浮いて、自分の重さでぬぷぬぷと屹立をどこまでも呑み込んでいく。

子宮口を押し上げ、胎の奥の奥まで犯しては揺さぶってきた。

「あっ……あっ……」

「お前の愛を疑っているわけではない。ただ、俺の問題だ。俺がお前を貪欲に求めすぎて、渇きを抑えきれずにいるから、ときおり過激な手に出たいという考えが過る」

上下に身体が動き、下から突き上げられるたびに頭が真っ白になりそう。

アシェルの首に必死にしがみ付き、彼の激しさについていこうとした。

「愛っていうのは、複雑なものだな、オリヴィア。たったひとつ突き抜けた感情でいければいいのに、そうはいかない。面倒くさくて、厄介で、でも唯一俺に生を実感させてくれる」

――とんでもないものを俺に教えてくれたものだな、お前は。

アシェルが嬉しそうに耳元で囁くものだから、子宮がきゅんきゅんと切なくなった。

「……ぅン……うぅンっ！　……あぅ……あっ……イッちゃう……あぁっ！」

艶っぽい吐息交じりの声が、よほど脳内に甘美に響いたのだろう。

一気に絶頂に達してしまった。

「……くそっ！　これだからどこまでもお前が欲しくなるんだっ」

眉根を寄せ声を掠《かす》れさせたアシェルは、興奮してオリヴィアをガンガンと突いてきた。

イったばかりで高みに上ったままだ戻れていないというのに、新たな快楽を叩き込まれて目の前が明滅する。

激しいくらいに求められて、獰猛な感情も欲もぶつけられて、オリヴィアの心も身体も満たされる。

彼の言う通り、愛は複雑なのだ。

面倒で、厄介で、ときには苦しめる。

愛し方に正解などない。

だからこそ人は惑う。

正解を求めて藻掻《もが》き、この愛が愛する人に受け入れられるものなのかと恐れる。

けれども、愛さずにいられないのは、案外単純な理由からかもしれない。

そこに言い知れない幸せがあるから。

他では補えないものがあるから、愛を求めてやまない。

「……くぅ……ぁっ」

オリヴィアの中に精を吐き出したアシェルは、息を荒げながらすべてを吐き出すために腰を小刻みに動かす。

中に注ぎ込まれる感覚に身体を震わせ、オリヴィアも熱い息を吐いた。

ベッドに移動し、仰向けに横たえられると、再び強直に貫かれる。

アシェルが動くたびにベッドが軋《きし》み、オリヴィアの中も悦んで屹立を締め付けてきた。

「……オリヴィア……オリヴィア……」

キスをされて、唾液を啜られる。

オリヴィアから奪えるものはすべて奪うような激しさに、脳が痺れてしまいそう。

もっともっと奪って。

もっともっと与えたい。

オリヴィアの愛が叫んでいる。

「……愛している、オリヴィア……一生俺の手綱を放さず、握っていてくれ。その間はいい子でいてやるから」

「……ふぁ……あっ……あぁっ！」

強く腰を打ち付けられて、オリヴィアはまた果ててしまう。

アシェルもそれに続き、胎の中を白濁の液で穢した。

精を吐き出し続ける中、キスをされる。

オリヴィアもそれに応えるように、舌を絡ませた。

ふと彼の頭上を見ると、真っ赤に染まって心臓のように脈打つ矢印が見える。

また大きくなったそれは、もう近くにいると切っ先を見ることができない。

文字も小さくびっしりと書き込まれていて、目を凝らさないと読めなかった。

（……こういうのを、前世の言葉で「クソデカ感情」って言うんだっけ）

全容を確認することができないほどに膨れ上がった感情。

でも、もう全てをみることができなくても大丈夫だ。

「愛してます、アシェル」

いつでもどこでも、どんなときでも、これだけが不変の真実。

アシェルもまた同じだろう。


相関図は便利だ。

見えたらきっと楽だし、上手く利用すればいくらでも使い道はあった。

人間観察なんかがそうだ。

相関図が見えることで、より一層たのしくなったのはたしかだ。

だが、上辺だけの人間関係を見るだけなら便利だが、その人の本質をはかり知ることはできない。

ちゃんと話して、ちゃんとその人の人となりに触れないと分からないことは多いのだ。

矢印の大きさと色と文字では分からない複雑さが、人の心にはある。

自分が恋をしてみてそれが痛いほどに実感できた。

(でも、本当にどうして私には相関図が見えるようになったのかしら)

もし、転生者に対しそういった力が与えられているのであれば、なるほどそういう仕組みかと理解することができる。

けれども、何故相関図？　と頭をひねるところだ。

アメリアの好感度は分かる。

主人公であるが故のステータスの可視化だろう。

オリヴィアの場合は、どのルートを辿っても悲劇に見舞われるヒロインの親友を救うための愛の女神の粋な采配といったところだろうか。

真実は謎のままだ。

「アシェル、先ほど言っていたふたりきりの暮らし、一度やってみます？」

「ふたりきりで閉じ籠もるのか？」

「そうです。そういうのもいいかなと思いました。閉じ込められると言うと、もっとおどろおどろしいものを想像していましたが、アシェルとなら案外穏やかな日々が過ごせるような気がします」

ヤンデレの仄暗いどろどろとしたものではなく、愛が溢れるものになる。

予感ではなく確信だった。

終章

心地いいそよ風が前髪をくすぐる。

今日は外で過ごすには気持ちいいくらいの気温と天気だ。

わざわざテラスにカウチを運んできた価値はあったというものだろう。

ただ真っ青な空の中を流れる雲や、青々と茂る木々をみているだけでも飽きない時間を過ごせている。

いや、自分の上に重なるようにしてオリヴィアが眠っているからだろうか。

アシェルの胸に顔をくっつけてすやすやと眠る姿は、どれだけ見つめていてもいい。ひたすら幸せな時間だと言える。

ここでは誰もふたりの邪魔をしない。

声も聞こえない、他人の姿も見ない、アシェルが願ってやまなかった場所。

オリヴィアの許可も出たのでさっそくやってきたのだが、思っていた以上に満たされた生活をしている。

心が穏やかだ。

逃げられないように、誰の目にも触れさせないように暗いところに閉じ込めるのではなく、自由に外に出て、明るい場所でふたりで過ごす。

「お前とこうやって陽だまりの中で過ごす人生も、結構いいものかもな」

そんな日々がアシェルをどこまでも幸せにしてくれるのだろう。

眠るオリヴィアの頭を撫で、陽射《ひざ》しの心地よさにアシェルはゆっくりと目を閉じた。

あとがき

皆さん、相関図はお好きですか？

こんにちは。相関図大好きちろりんです。

私は公式でも非公式でも相関図を見るのが大好きで、ドラマを見はじめたらまずは公式サイトに飛んで相関図を確認するようにしています（ないこともありますが）。

そこでとんでもないネタバレをくらうこともあるのですが（最近見たドラマの相関図はかなりのネタバレがあった）、それでも見るのをやめられない！

誰が誰にどんな矢印を向けているのか、それが徐々にどう変わっていくのかをたしかめながら本編を見るのが好きなんです。

それが現実に見えたらどうだろう。どうなるだろう。

そんな妄想を物語にしたのが今作です。

ヒロイン・オリヴィアはその能力を、最初は自分が生き残るために使い、そのうち純粋にリリアナの恋を応援するために使うようになります。

そしていつしかとんでもなく面倒くさい男に目をつけられてしまうわけですね。

久しぶりに俺様気質なヒーローを書いたのですが、いいですね～俺様。警戒心剥き出しの野生の狼がコロッとヒロインに落ちてしまい、懐く感じがとても好きです。大好きです。

アシェルのヤンデレを出したいけれど、でも嫌われたくないから出し切れずに悶々とし、最後に「まぁ、監禁とかしなくてもこれはこれで幸せか」となる完堕ち。

書いていて楽しかったです～。

たまにこのふたりがバッドエンドに向かっていったらどうなるんだろうと考えたりもするのですが、結局オリヴィアとアシェルなら（主にアシェル）根性でハッピーエンドにしそうです。

そんなふたりのイラストを描いてくださった霧夢ラテ先生、本当にありがとうございます。こんなに可愛いオリヴィアならアシェルが警戒心を抱きながらも気になって気になって仕方がなかったのは納得です。

そういえば、最近ようやく仕事部屋を持ちました！

作家を始めてから七年ほど経つのですが、これまではダイニングの隅っこでパソコンの前に座り込む日々でした。

増えていく見本誌、積み上げられていく資料、小説や漫画、その他もろもろ。

それらをすべてひとつの部屋に置いて、好きなようにディスプレイして、好きなスタンドライトを買ってとかなりこだわりました。

おかげで家の中で一番落ち着く空間になりまして、とても快適です。

ここでたくさんお話を生み出すぞー！　と気合いを入れております。

加えて、植物を育て始めました。

これまで植物をしっかりと育てることができずに枯らしてしまっていた私ですが、母親からオリヅルランを譲り受けたので、しっかり育てたいと思います。

これからさらに種類を増やしていく予定です。

あと、十年ぶりくらいに韓国ドラマを見始めました。

ずっと欧米のドラマしか見ていなかったのですが、勉強がてら見てみようかなと思い立ちつけた次第です。

ドラマチックですね～。シリアスの中に必ずコメディ部分もあって、次から次へと出てくるトラブルと真実とで飽きさせない展開が相変わらず引き込まれます。

ずっとドラマといえばサスペンスとか医療ものしか見ていなかったのですが、韓国ドラマは何故か恋愛ものを見たくなりますね。

おすすめがあったらぜひ教えてください。

それではまたどこかでお会いできますように。ありったけの感謝を込めて。

ちろりん

婚約破棄された
捨てられ令嬢ですが、
触れれば分かる
甘々な
未来視スキルで
愛しの王子をお助けします！
ちろりん
Illustration 氷堂れん
ガブリエラブックス

ガブリエラブックス好評発売中

gabriella books

隣で一緒にモブしてた友人が、実は続編のヒーローで王子様とか初耳なんですが!?

月神サキ イラスト：なおやみか／ 四六判

ISBN:978-4-8155-4344-0

「私は、モブでしょ!?　そうよね、お願いだからそうだと言って!」

乙女ゲームのモブに転生したレイチェルは元々壁になってキャラ達を観察したいタイプだったため第二の生を満喫していた。だがゲーム主人公と悪役令嬢のやりとりを嬉々として見守る彼女にモブ仲間のはずの友人、ラインハルトがいきなり告白してくる。「そろそろお前を口説いても構わないか?」モブらしからぬ展開に動揺していたところ転生者の悪役令嬢に貴方達は続編ゲームの主人公だと教えられ!?

ガブリエラブックスをお買い上げいただきありがとうございます。
ちろりん先生・霧夢ラテ先生へのファンレターはこちらへお送りください。

〒110-0016　東京都台東区台東4-27-5（株）メディアソフト
ガブリエラブックス編集部気付　ちろりん先生／霧夢ラテ先生 宛

gabriella books

MGB-121

モブ令嬢なのに王弟に熱愛されています!?
殿下、恋の矢印見えています

2024年9月15日　第1刷発行

著者　ちろりん

装画　霧夢《きりむ》ラテ

発行人　沢城了

発行　株式会社メディアソフト
〒110-0016
東京都台東区台東4-27-5
TEL：03-5688-7559　FAX：03-5688-3512
https://www.media-soft.biz/

発売　株式会社三交社
〒110-0015
東京都台東区東上野1-7-15
ヒューリック東上野一丁目ビル３階
TEL：03-5826-4424　FAX：03-5826-4425
https://www.sanko-sha.com/

印刷　中央精版印刷株式会社

フォーマットデザイン　小石川ふに（deconeco）

装丁　齊藤陽子（CoCo.Design）

ISBN 978-4-8155-4347-1